● 弋舟短篇小说集

Gold

著

陕西师范大学出版总社

图书代号：WX19N2073

**图书在版编目（CIP）数据**

黄金：弋舟短篇小说集 / 弋舟著 . — 西安：陕西师范大学出版总社有限公司，2020.1
ISBN 978-7-5695-1311-0

Ⅰ.①黄… Ⅱ.①弋… Ⅲ.①短篇小说—小说集—中国—当代 Ⅳ.①I247.7

中国版本图书馆CIP数据核字（2019）第276986号

## 黄金：弋舟短篇小说集
HUANGJIN：YIZHOU DUANPIAN XIAOSHUO JI

弋 舟 著

| | |
|---|---|
| 选题策划 | 刘东风　郭永新 |
| 责任编辑 | 宋媛媛 |
| 责任校对 | 张　佩 |
| 装帧设计 | 主语设计 |
| 出版发行 | 陕西师范大学出版总社 |
| | （西安市长安南路199号　邮编 710062） |
| 网　　址 | http://www.snupg.com |
| 印　　刷 | 重庆新金雅迪艺术印刷有限公司 |
| 开　　本 | 787mm×1092mm　1/32 |
| 印　　张 | 6.5 |
| 插　　页 | 4 |
| 字　　数 | 110千 |
| 版　　次 | 2020年1月第1版 |
| 印　　次 | 2020年1月第1次印刷 |
| 书　　号 | ISBN 978-7-5695-1311-0 |
| 定　　价 | 42.00元 |

读者购书、书店添货或发现印刷装订问题，请与本公司营销部联系、调换。
电话：（029）85307864　85303629　传真：（029）85303879

# 目录

| | |
|---|---|
| 出警 | 001 |
| 黄金 | 035 |
| 夏蜂 | 061 |
| 把我们挂在单杠上 | 089 |
| 龋齿 | 117 |
| 有时候，姓虞的会成为多数 | 137 |
| 蒂森克虏伯之夜 | 155 |
| 附　录 | 187 |

出警

大学四年，从警五年，算起来，迄今人生已经在架子床上断断续续睡了九年。没什么意外的话，可能还得隔三岔五地睡九年。躺在上铺往窗外瞧，夜色氤氲，所门口的警灯无声闪烁。对面超市门前的投币木马也旋转着同样的彩灯。没谁玩，它也播放着儿歌。这让人产生错觉，仿佛我们是一家游乐场的守夜人，身后有摩天轮隐现或者七个小矮人出没。

此刻要是从宿舍冲进夏夜，不啻跳进沸腾的大锅。和冬泳一个道理，那得有点儿勇气。楼下值班室的电话响个不停，好在没什么大事需要出警。但谁也说不准。外面太热，晚上好像更甚。地面蓄积了一天的热力开始蒸腾，暑气弥散，像是黑夜对白昼的反攻倒算。还好所里给装了空调。去年夏天，宿舍还是靠风扇降温的。

报纸上说这个夏天的高温破了六十年的纪录。我还不到三十岁。反正长这么大我没被这么热过。小吕却认为这在他们家乡根本算不得什么——如果他们家乡的夏天是一百度，现在我们承受着的，顶多才六十度。小吕是新疆人，住在火焰山脚下。那儿真会这么热吗？他的说法让人感觉大家是被扔在同一口大锅里的青蛙，但一般苦，两样愁，有人已经将要被煮熟，有人却还在惬意地蛙泳。

我还是挺爱值班的，因为接着可以休息一天。再过一周，我就要去封闭集训。市局组织篮球赛，我被挑中了。那样一来，就有段日子不能回家了。小吕和我心思一样，他是想值完班就能多出一天时间去陪女朋友。小伙子正在热恋，女孩刚刚大学毕业，还没找到工作，有大把的时间需要人陪着。而我是想在家多陪陪我妈。

我们每隔四天值一次班。我是主班，小吕是副班，还带着几个协警。小吕警校毕业分配到所里，我们就成了搭档。我算是他师父。值班当天，小吕会提前准备好休息日的便装——这像是吹响了他约会的预备哨——牛仔裤什么的，能让他摇身一变，精精神神地去约会。他长得帅，个头和我差不多，要不是单薄些，肯定也会被抓去打篮球赛。因为个儿高，有几次我俩还被法院临时借去押嫌疑人上庭。都是大案子，电视台要播新闻，两个高大的警察上镜,将嫌疑人夹在当间儿,那效果不言而喻。

值班的时候小吕很快活,一副随时会唱上几句的高兴劲儿。其实我也是这样的心情,一般早早地就让妻子做好了我妈爱吃的东西。这种精神状态不会影响工作,因为我们都感觉有了个近在眼前的盼头,心里得到了鼓舞。人的盼头很多,但近在眼前的却很少。

那天一共接警二十多起,跟高峰期比要少得多。按规定,要是没有突发事件,我们可以在夜里十一点睡觉,凌晨五点再爬起来处警。那时我们已经躺在宿舍的架子床上了,我跟他聊起片区的老奎——就是被报社记者写进文章里的那个主角。小吕听了我讲的一切后,陷入了沉思。他肯定受到了不小的启发。后来他就跳进了外面那口沸腾的大锅。等他回来,晨光熹微,黎明已近。他好像完全忘了还要摇身一变这档子事儿。

我们这一行也是师父带徒弟。我的师父是老郭。他教会了我怎么做警察,可惜三年前查出了喉癌,提前退休了。前段时间我去看他,老头看来已经挺不了多久了。整个人出气多,进气少了。我进所的时候他可健康着呢,黑脸，皱纹像是刀子削出来的，胸脯拍上去，让人相信能听见金属发出的咣咣声。我觉得他长得很像写《白鹿原》的那个作家，都是那种典型的关中老汉的样子。

老郭烟瘾大。后来满世界开始禁烟，所里也禁，他得空只好跑到院子里，找个拐角蹲着抽几口。有时候太忙，他忘了这茬儿，嘴里不小心叼上了烟，结果被所长撞到，挨了批评还得罚款。这规矩不太通人情。要说喉癌可能跟吸烟会有点关系，可我觉得要是放开让老郭抽，他没准儿现在还带着我巡街呢。烟就像是老郭的口粮。每天在所里抽根烟都跟做贼似的，可能就叫度日如年了吧。真是委屈了老郭。他在所里干了一辈子，架子床可是没少睡。

我们这个派出所在城乡接合部。高楼大厦的背面弄不好就藏着块儿菜地。咖啡馆里坐着的，经常是光着膀子打麻将的人。一开始，要是老郭不带着我，到片区走一趟我肯定得迷路。那就是一个迷宫。有的窄道楼挨着楼，只容得下一个人通过。如果迎面也有人走进来，脾气不好的话，往往就会形成对峙的局面。搞不好还能腾挪不开地打一架。上帝说通往天堂的是窄门，每次从这种窄道挤过去，我都幻想会有一个天堂等在前面。有一回，一个女孩走进窄道,没遇到歹徒,却遇到两条流浪狗。一前一后,前后夹击,预谋好了似的。女孩吓惨了,打电话报警。等我们赶过去,她都尿裤子了,裙子湿漉漉的。于是我挥舞着套狗杆,又充当了一回打狗人。对付流浪狗,也是我们的工作。

我师父老郭跟谁都熟。谁见着他都会给他让烟,有点儿妇孺皆知的意思。很多不吸烟的人,见了他也能摸出一根皱巴巴的来,像是专门为了见他备了好几天似的。他有一个铝制的烟盒,上面刻着天安门前的华表,看上去恐怕有些年头了。收了递上来的烟,他就放进铝烟盒里。巡逻一圈回来,差不多能装满一盒。他也给别人让烟,但收到铝烟盒里的他不会再让出去,递给对方的,肯定是他自己的烟。这里面就有了原则和讲究,是一种德行,也是一种从警之道。我觉得,我就是从这种你来我往的让烟里,开始领悟做一个警察的真谛。老实说,这和我入行时的想象不太一样。我师父老郭穿上警服也还是个大爷。何况,现在跟警服差别不大的制服也太多了。所里的协警,超市的保安,跟我们站一起,没点儿专门知识,你分不清谁是谁。巡逻的时候我腰里会有警具,可保安的腰里也有根棍子呢。

每个辖区都会有几个狠角色,我们的专业术语叫"重点人口"。对这些人,你得盯着点儿。老奎就是这么个人物。我到所里时他已经七十出头了。在我眼里,他要是还能算得上"重点",顶多也就是上路碰个瓷,伏地不起,讹点儿钱什么的。可我师父老郭不这么看,他跟我说:"别看这老汉走得慢,腰里别的都是万。""万"就是"万货",方言里指"东西"和"玩意儿"。好像老奎腰里缠了一圈暗器,随便亮出一件,就能耸人听闻。

我觉得老奎和老郭长得也有点儿像。第一次老郭带着我上门"认人",我都以为他俩是亲戚。他们两个对坐在老奎家被烟熏得四壁焦黄的客厅里,互不搭理,都埋着头使劲抽烟。烟是老奎自己卷的。他把烟丝铺在两指宽的报纸上,搓成棒,用舌头舔一遍,递给老郭。老郭接了,点上,反手也给他递根自己的烟。老奎应该比老郭大个二十多岁,但除了腿脚没老郭利索,背驼得厉害,看上去两个人没多大差别。也不知道是老郭显老还是老奎显小。可能关中男人上了岁数都像是一个模子倒出来的吧,跟兵马俑一样。他让老郭坐在沙发上,自己搬张板凳,矮上那么一截地坐着。老郭跟他介绍我,他瞟了我一眼,就像瞟了眼他的孙子。他可没孙子,就是一个孤老头。

按制度,对重点人口,每个月走访一次就行。可老郭基本上每周都会带着我上老奎家转一趟。有时候巡逻遛到了老奎家楼下,他也要上去歇个脚。我猜老奎沾着唾沫卷出的烟,挺对我师父的口味。

他们第一次当我面说起老奎的案底时,我已经不算个新人了,早就习惯了偶尔上街去打打狗什么的,也不再盼望窄路的尽头就是天堂。老奎闷头抽烟,突然来了一句:"早知道当年把人弄死算屁了,活着就是受罪么!"这话跟他嘴里的烟一同喷出来,格外呛人。他的老底儿我知道,故意杀人,致人残疾,被判了十八年。可我没料到时隔多年,他还能放出这种狠话来。

老奎说完扔了手里的烟卷,伸出穿着懒汉鞋的脚使劲碾。旁边就有烟缸,可他这么干,说明是故意摆出一个凶狠的态度。我静等老郭发话。我猜他会训一顿老奎,至少脸色会严肃起来,低沉地说:"你这么想不对,想早死也不能拿别人的命垫背么。"老奎呢,就会垂下脑袋说:"对么,你说得对。"因为我已经训过不少家伙了,基本上没遇到过跟我顶着干的。我想，此时老奎要是不垂下脑袋挨训，我会让他把刚刚踩灭了的烟头捡起来吞下去。然后老郭会说："有问题就跟政府说么，你现在有啥困难？"然后老奎就会诉诉苦：肉价太贵，假货满天飞，乃至人心不古，女孩子穿得太暴露什么的。老人们经常就是这么跟我抱怨的。疏导民意也是我们的职责，这么一番对话，是我心里的套路。我算是个内心戏比较多的人。

可老郭压根儿没接茬。他只是递了根烟过去。然后就聊起医保、天气和附近即将拆迁的居民楼。老郭平时也不是个话多的人，这有些难为他了。他有一处没一处地说，老奎有一句没一句地听。说什么可能也不重要，就是有人说话有人听。说到拆迁，老奎身上也有劣迹。他家老屋拆得早，是这一带最先被开发了的。也就两间小平房，当年硬是被他置换成了两套一居室的楼房——不能得逞的话，他扬言再杀一次人。说到做到，他天天敞胸露怀坐在自家门口，地上撂着把杀猪刀，随时要给谁开膛破肚的架势。这都是老郭告诉我的。

那天老郭跟他东拉西扯了半天，临走还给他扔下半包烟。出门时我回头看了眼老奎，怎么看，埋头坐在小板凳上的这个老恶棍,都只是个与世无碍的废物了。脊柱都像是被重锤给敲弯了,还咋呼什么?

从那以后老郭带着我去的次数更多了。隔三岔五就得去看看老奎。在我看来,这事好像被搞颠倒了。老奎放了句狠话,老郭没教育他,反而像是被他吓住了。退休前老郭还专门叮咛我,让我没事也多去瞅一眼老奎。后来我一个人上门,老奎听说老郭得了癌,那眼神,就像是挨了一棍子似的。他当时的表情,让我相信,这厮其实早就被我师父驯服了。

我不抽烟,跟老奎没法坐一块儿。我师父跟他坐一块儿,即使没话,也是心照不宣和意味深长。我跟他可没什么默契。他干脆连句狠话也不给我撂。我自然也就没去落实老郭的叮咛,顶多每个月去看一眼,例行公事而已。

我太忙了。派出所警察干的事情,说出来你能当笑话听。更多的时候,我们就是个片区里跑腿的,而且谁都能使唤我们。没了老郭带着,同样的事,我干起来手忙脚乱。那些鸡零狗碎的小案件、小纠纷,老郭处理起来就是烟来烟往,举重若轻,可是让我来,不知怎么就有了疲于奔命的感觉。如今我成了小吕的师父,我该拿什么给他言传身教?

小吕这个人挺爱自己琢磨事,责任心也挺强,就是跟我才入行时差不多,想象力还没落到地面上。在他心目中,警察就该是神探,破大案,捕顽凶,除暴安良,跟打狗赶鸡没半毛钱关系。我想这可能跟他正在谈恋爱有些关系。男人在谈恋爱的时候,可不都会把自己想象成一个英雄吗?否则好像就配不上一个美人。这情绪我也有过。直到今天,我也不太跟妻子说我每天都忙活些什么。我不做英雄梦了,但希望我妻子还接着做。那样回了家,我才可以心安理得地喊累。所以有时候遇着邻里纠纷之类的事儿,我都不忍心让小吕去处理。我怕这会过早地消磨了一个男子汉的英雄气。小吕和我不同,我是跨了专业,半路出家,考公务员干上的警察,他却是从火焰山脚下走出来的正规警校毕业生。我愿意看到他成长为一个我从前想象过的那种警察。

把那天我俩的值班情况捋一捋,你就能明白现实跟梦想之间有多大的差距。

早上八点半报到,户籍室打来电话,要进行境外人员办证提醒。这事让小吕来,他英语不错。但是有个别电话已经停机，只有等方便的时候上门找人。

打完电话开始巡逻。一看油表，发现油箱存量不多，先开到加油站加油，免得在半路上抛锚。我可是吃过这种亏。

十点多，接到报警，公墓边上的苗圃有人打架。到现场才知道，昨天早上两个工人为小事动了手，其中一个吃亏大点儿的，睡了一夜气不过，醒来后索性报案。秋后算账，当事人都是一副养精蓄锐后的样子，精神头十足，谁也不让谁。只能拉回所里处理。回去后跟他们掰扯了半天，俩人还是要较劲。我当然又想起了老郭。可能这事他用两根烟就打发了，而我就得把自己弄得口干舌燥。

正感慨，有人报警，说是接到了反动电话。我让小吕出警，过了会儿他把人也带回来了，是个满头大汗、一看就知道警惕性很高的那种大妈。询问，登记。兹事体大，要向上级汇报。

处理好已经过了饭点儿，食堂打饭的窗口空无一人。幸好食堂阿姨还在，不然又得上对面的小饭馆吃油泼面。那面不好吃，就是便宜。

刚端上碗，接到有人打架的报警。我让小吕接着吃，自己带了几个协警过去。路远事急,报案人情绪激动,像是要出人命的架势,上车后于是一脚油门踩到底。边儿上的协警落实当事人的具体方位,对方却报出了临近派出所的辖区。这叫错报,汇报给指挥中心,掉头回去接着吃。

也就是刚放下碗,所长指示:最近辖区盗窃案件多发,最好召集几个小区的物业开会通通气,想想对策,同时给居民拟一份"警方提醒"。这活我干吧。说实话,我不太好意思让小吕去趴着写安民告示。

才开了个头,接到报警,某公司门口发生纠纷。小吕跟着我一起赶过去。烈日之下,一派安宁,压根没什么状况。街面上几乎没有人影。别说人影,连阴影都没有。正午的艳阳直射着,马路明晃晃得宛如一匹发光的银练。跟公司的门卫打听,原来人已经走了。"就是小两口闹别扭。"门卫的答复听上去还有点儿幸灾乐祸。

回到所里,有报案人等着,是个姑娘,说是"心爱的"电动车被盗了。她说不出电动车的型号,只说得出电动车对她的重要性——男朋友送的生日礼物,"是世界上最漂亮的电动车"!小吕耐着性子做笔录,我继续写安民告示。

刚写好，有人报警在饭馆被偷。还没赶到现场，又接到报警，一家塑胶公司发生了纠纷。兵分两路，小吕去处理饭馆盗窃案——好歹这也算是个刑事案件。我到了塑胶公司，却是一场劳务纠纷。打工的觉得老板给的少了。双方不同意调解，我只好告知他们可以到劳动仲裁部门处理。

回所的路上接到社区的电话，说他们晚上有个群众活动，可能参与的人比较多，需要我们帮助维持秩序……

差不多就是这些事。

黄昏的时候稍微消停点儿，小吕自己去了片区。他手头有个案子。有人报警说邻居在家里制毒，我没怎么考虑就把这案子交给了小吕。开始他挺兴奋的，像是张网以待，翘望已久，终于来了条大鱼。涉案的那栋楼我知道，教育局盖的，里面住的都是中学老师。报案人是位退休的校长，信誓旦旦地说，以他对化学知识的丰富掌握，完全能够通过阳台上飘来的怪味儿做出判断。他的邻居也是一对教师，两口子带着个十多岁的孩子，女主人倒还真是个教化学的。可查来查去，一点儿证据都没有。小吕不太甘心，加上老校长半年报了五十多次警，这个案子就成了小吕的心事。他不觉得我们就只能写写安民告示、追回一辆"世界上最漂亮的电动车"。也倒是,前几天别的片区还发生了大案子,几个女孩把个酒吧老板捅了足有几百刀。

回来后小吕眉头不展。他说他又趴在老校长家的阳台上闻了半天,隔壁飘来的只有红烧肉味儿。我想的却是这会儿的阳台上怕是得有五十度的高温。不知怎么,这个夏天我总是觉得夜晚比白天更难熬。白天的热正大光明,不由分说,但晚上的热却显得没有道理。没有道理,就热得更加令人不堪忍受。

那天晚上社区的活动就是广场舞表演。实际上围观的人并没有他们想象的那么多。他们高估了自己的风头。过去后看了看情况,安排几个保安维持秩序,我和小吕徒步去人员密集的场所巡逻。小吕懂事,他以见识过真正酷暑的火焰山人的善意,让我尽量钻到商场里去,巡街的苦差由他来干。真是热啊。巡逻时还得扎起腰带、戴上帽子。从商场走到街上,我感觉会被烫一下。从街上进到商场,我又感觉会被冻一下。每次进出,心里都一惊一乍,让人畏缩。我本来是农大毕业的,"解民生之多艰"是我们的校训。眼下干的活儿,冷热交替,打摆子一样,让我觉得真是"多艰"。

那天算得上是平安无事。我们本来可以睡个好觉。顺利的话,第二天早上八点半交了班,小吕就能摇身一变,去会女朋友了。我也可以带着冻好的饺子去看看我妈。我爸去世得早,年前我妈起夜时摔了一跤,摔断了股骨头,手术后就卧床不起了,只好找了个小保姆陪着。结果当我说完了老奎的事,小吕又跑出去忙活了大半夜。他不在,我也没睡踏实。一开始他可能并没留意听我说话,躺在下铺憧憬第二天的约会。可我是故意要说给他听的,就一直往下说。他果然听进去,领会了我的苦心。我只是没想到他会那么雷厉风行,当机立断就跑去印证自己的猜测了。

老郭退了休,我按部就班,每个月顶多到老奎家转一圈。后来有一次我再去的时候,家里却没人了。我当时也没怎么放在心上,下楼顺便问了句,一个老太太告诉我有日子没见着老奎了,不知道死哪儿去了。她这么一说,我就有点担心。老年人鳏寡孤独,死在家里都没人知道,这事也不是没发生过。回去跟所领导做了汇报,我喊来锁匠打开了老奎家的门。屋里空空荡荡,家徒四壁,死的和活的都没有。但看得出有日子没人烟了。

老奎他失踪了。

这看上去也不能算是件事儿。老奎有老奎失踪的自由,谁也没规定他只能窝在屋里卷烟抽。我猜他没准出门旅游去了。他的经济状况还过得去,有套房子出租给别人。如今这一片的房价可不低。我让锁匠师傅换了新锁,给邻居留了话,关上了老奎的家门。

我去看我师父老郭时,把这事跟他说了。他一听就有些要跟我急的样子。"旅游个屁!他老奎要是会去旅游,我就会去逛窑子了!"老郭冲着我吼。我一下子没太听明白,但我不想惹老郭生气,他正在进行保守治疗,效果如何,谁都没底儿。"你去申请协查一下,看看市里有没有发现无人认领的死尸。"他这么说我就听懂了,他是担心老奎真的死在外面了啊。"也去收容站问问,人老了糊涂,说不定遛个弯儿自己就找不回去了。"老郭接着指示我。

回去后,这两件事我一一落实了,但都查无其人。就在我发愁该给老郭怎么交代时,半个月后,老奎自己冒出来了,而且冒出来的方式完全出乎意料。一天夜里,他竟然打报警电话,说是自己在家摔倒了,现在根本爬不起来。赶过去的路上我还纳闷,新锁的钥匙在我手里,他是怎么进的家门呢?

老奎家的门虚掩着。我推门进去,以为会看到卧地不起的老奎——年前我妈摔断腿就在地上躺了一夜。我妈常年独居,电话又不在手边儿,第二天早上邻居听见屋里有人哭才发现出了事。看到我后,我妈委屈得像个孩子那样号啕不已。我从没见我妈哭得那么凶过。她真是伤心极了。可是老奎佝背坐在小板凳上。客厅灯泡的瓦数太低,就照亮着他头顶那么一圈,其他角落一派昏暗。他就像是孤零零坐在一个黑暗的舞台上,被追光灯示众般的圈定着。

老奎三十岁才娶上老婆。当时这块地方还是一片良田。他可能压根就没干过什么农活。换一个时代,他能在梁山上谋个差事。入狱前他就是村里的混混。三十五岁的时候,他终于把自己混到大牢里去了。十八年后回来,老婆孩子都没了。二十多年过去,良田变成了高楼,姑娘们的裙子越穿越短,当年的村霸一个人坐在三十瓦的灯泡下面,就这么苟延残喘着老去了。

他并没摔跤,更谈不上爬不起来。说白了,老奎报了个假案。可我不知道他意欲何为。看到我,他也没话,并不解释自己的作为。我拉下脸批评了他几句。他就那么听着,过了会儿,开始卷烟。卷好后,下意识地给我递过来。我猜他把我当成老郭了。递烟的手在半空有个停顿,随即他醒悟过来,缩回去塞到了自己嘴里。点火,手哆哆嗦嗦,看着让人着急。想到老郭,我就对他客气点儿了。问他这段日子跑哪去了,他也不吭声,就是埋头抽他的烟。间或把一口痰吐在地上,然后用脚蹭。我没话找话,问他怎么进的家门。他不屑地回我一句:"开个锁费啥劲么。"我去看了看,门已经换了锁。这钱我得给他,毕竟前面那锁是我给他换的。他不说要,也不说不要。我没什么耐心了,塞给他二十块钱。我的手跟他的手相触的那个瞬间,他连钱带手一起抓住了我,像是激起了某种动物性的应激反应。可能不到一秒钟的时间,但我有着突然被什么抓牢了的感觉。

这事还不算完。几天后老奎又报警了。还是说他摔得起不来了。即使知道这回八成还是个假案,我也得上门去看看。果然,老奎照旧坐在小板凳上,臊眉耷眼,像个坐在黑暗舞台中央的老猿猴。不同的是,这回他竟然泡好了茶等着我。茶泡在一只破搪瓷缸子里,我闻了闻,可能是那种需要熬制的砖茶。我像是能听到熬茶时发出的噗噗声。那么好吧,既然请我喝砖茶,老奎你总得跟我说说干吗老折腾我。他不做说明,倒是跟我聊起他前段时间跑出去干吗了。我从来没听过他说那么多话。其实,我差不多就没怎么听过他说话。但这天晚上他却对我打开了话匣子。

老奎说他是去找自己的闺女了。

他先去了重庆的云阳县。循着记忆,他看到的却是一片滔滔江水——当年这里不是连绵的青山吗?那一刻,他以为自己真的是老糊涂了。原来那里如今已是三峡库区,昔日的村落十几年前就搬迁了。这就叫天翻地覆,沧海桑田。老奎不甘心啊。他走了那么远的路,孰料已经换了人间。他在江边硬是坐了三天,好像那样就能等来一个水落石出的奇迹。三天后,他动身前往上海。他打听到了,当地的移民都是迁到了上海的青浦镇。上海滩带给他的冲击恐怕不亚于滔滔江水。想必那里的一切对他来讲,就是光怪陆离的另一个世界。撬门溜锁他不在话下,可是要在上海找到个人,这事儿他根本办不到。青浦镇倒是找着了,但当年移民来的人,十有八九继续流动,早已四散。他还是不能甘心。青浦镇西面是上海最大的淡水湖,十万亩烟波浩渺,他又在湖边对着水面海枯石烂地坐了三天。他没找到闺女,感觉是从天而来的大水带走了所有的人间消息。

我对他的家事没什么兴趣,也搞不懂他干吗跟我说这些。但我看出来了,可能说什么对他也没那么重要。重要的是说话本身。他的嘴巴就像是台生锈了的老机器,重新运转,吱吱嘎嘎的,颇为费力。而这费力的运转,却能带给他不一般的快感和惊喜。他矮一截地坐在我对面,边说边吞咽口水,润滑着他喉咙里那尘封已久的轴承。他的眼神浑浊而又迷乱。没错,他有点儿亢奋。我在想,这老头大概有许多年没这么滔滔不绝地跟人说话了吧。他都快把自己给说醉了。一边说,一边打着气味难闻的醉嗝。为此,我耐心地喝了两缸子茶,权当自己听了个没多大意思的故事。我猜,最后他会提出要求,让我们帮着他找闺女。他要是真这么要求,我就又多了件事。我都想好了,回去先跟上海警方联系一下。但临了他也没跟我提这茬。

破天荒的,这回我走的时候老奎还送了送我。他趿拉着懒汉鞋,颤巍巍地踅到门前替我开门。手伸出去,捞一把,又捞一把,第三把才捞到门把手上。我就知道了,这老头是真的老到头了。明摆着的,身体已经不听使唤了。

又是几天过去,还是在半夜,老奎的求助电话又来了。他好像专门找我值班的日子这么干。我让一个协警过去看看。小伙子回来跟我说,老奎点名要我去。这我的气就不打一处来了。问明白他没什么事儿后,干脆就置之不理了。

谁知第二天一大早老奎竟然找上门来。

我刚在值班室坐下,打算整理一下头天的值班记录,一抬眼,看见老奎隔着窗子矮一截地出现在我面前。他不说话,我也懒得理他,顾自干事。过了会儿他敲了下玻璃。我抬眼看到他翕动着嘴在嘀咕什么,模样就是动物园里跟游客隔窗龇牙咧嘴的大猩猩状。我低头继续忙活,他继续敲玻璃。这下我听见他说什么了。我以为自己听错了,歪着头瞅他。他的嘴在张合,但隔着层玻璃,让我感觉那是声腹语。一只看不见的手把老奎的肚肠搅和得翻腾不已,发出了不受他支配的神秘气声。他又咕哝了一遍。

没错,他就是说"我要自首"。

不管真的假的,事儿来了。

我示意他进来说。隔着窗子,我看他扶着墙往里走的时候,脸上竟然有股掩藏不住的幸福感。

直接说了吧,老奎二十四年前从监狱里一放出来,转身就把自己的闺女给卖了。

就在老奎出狱的前一年,他老婆跟人跑了。对此我挺怀疑的。那个时候,老奎已经五十多了,他老婆也不会年轻到哪儿去吧?谁会带着她跑呢?要跑,也是自个跑了的吧?可老奎认定他老婆就是"跟人跑了"。好像不如此,不足以强调他内心的愤怒。可即便这样,他被强调起来的怒火也还是难平。坐了十八年的牢,他肚子里可是没少憋着邪火。所以他才有资格做个"重点人口"。这种家伙仇视万物,是该盯着点儿。老奎重返社会,举目四望,十八年过去,世界变得跟火星似的,让他老虎吃天,根本无从下嘴。但他有邪火,要抗议。没个泄愤的地方,就盯上自己闺女了。

老奎的闺女那年二十三岁。你都能想到,这种家里长大的孩子会有什么好。倒不是说那女孩品行不端,她挺好的，就是太单纯孤僻。怎么能不单纯孤僻呢？老爹坐牢，老娘撒手跑了，换了谁可能都一样。女孩小学毕业就辍学了，在路边摆了个菜摊，冬天还卖烤白薯。按说老奎回家了，当钉子户搞到了两套房子，守着闺女过日子也挺好，可他偏不这么干。人性不就是这么叵测吗？否则也用不着警察这个行当了。我听说南方有钱人还盛行吃婴儿呢。虽然我每天面对的都是些鸡零狗碎，走的路也多是窄道，但仔细想想，世态炎凉，里面确乎有惊涛骇浪。比方说，妻子跟踪丈夫，丈夫跟踪妻子，这些事儿，让你都不知道世界到底怎么了。但你能感觉到，它们正在改变那些赋予你生活意义的重要信念。

老奎在监狱里有个狱友是重庆云阳县人，服刑时跟他开过玩笑，说出去后要把他闺女买了当老婆。想到这茬，邪火攻心的老奎开了窍。他联络上了这个人，带着闺女上路了。坐了两天两夜的火车，到了地方，老奎一看，山清水秀，适于人居——这可能是他最后的一点儿良心了——当即拿了那人两万块钱，撂下闺女就走了。他跟我说他压根没打算在那人家里过夜。我想我明白他的意思。他的邪火发到这儿就算到头了，再烧下去，会把他也活活烧死。

两万块钱多吗?这恐怕不是个问题。钱不是他的目的,没准两百块钱他也要这么干。他就是想报复,至于报复谁,他都说不清楚。人性中那块最为崎岖陡峭的暗面,早把他黑晕了。他想要报复的对象,是他老婆,是带走他老婆的某个人,是世道和人心,没准,连他自己也能算在里面。那是种连自己都一并仇恨厌弃的情绪。他跟我说,那钱直到今天他都没动过。当年他转身而去,走在山路上,脚底发虚,轻飘飘的,像是腾云驾雾。后来还跌进了沟里。旷野无人,他在野地里昏睡了一宿。醒来后,山风浩荡,感觉像是死过了一回。

当年老奎的女儿不见了,群众都想当然地认为女孩是找自己的亲妈去了。谁知道背后藏着个天大的秘密。

不折不扣,这是罪行。

可是怎么处理呢?却非常棘手。拐卖人口罪,最长的追诉期是二十年。不放心,我还特意查了下刑事诉讼法。就是说,时光已经赦免这桩令人发指的罪行了。如果要把老奎绳之以法,得报请共和国的最高人民检察院核准。他肯定还够不上这资格。我做完笔录,让老奎按了指印,上楼去给领导汇报。出门时老奎喊住我，问我干吗不把他铐起来。我瞅了他一眼，用指头点点他，意思是你给我等着。至于等着又如何，我也不知道。在我眼里，他当然是个混蛋。可是我还没见过这么老的混蛋。不是吗，一个混蛋老到这种地步，混蛋的程度都要打折扣了。

所长听了我的汇报，跟着我去了值班室。他也只能歪着头瞅了半天老奎。但毕竟是领导，一开口就问出了我心里面纠结的疑惑。

"我说老奎，"所长捏着自己的下巴问，"你咋今天才想着要来自首呢？"

老奎活动着嘴。刚才他说了不少，肯定也说累了。但他只是活动嘴，像空转着的马达，就是不启动，让人干着急。

他是为了逃避打击吗？那么他压根就不需要跑来认罪。是他的良心终于发现了吗？看起来也不像。你从他脸上根本看不出痛苦和悔意，反倒有股兴奋劲儿。就像那天晚上他跟我滔滔不绝后一样，脸上洋溢着的，是一股"可是给说痛快了"的惬意。我都想踹他一脚。

所长拍板，让老奎先回去。他却不走了，无论如何也要让我们把他先关起来。关起来谈何容易!对于这种根本不能批捕的案子,你没法把人送进看守所去。留在所里更是不可想象,等于弄来了个祖宗,得专门派人伺候着。怎么办?急中生智,我想到了老郭。

一段时间没见,我师父老郭真的瘦成了一张纸片。他像是飘到所里来的,让我不禁一阵心酸。看到老郭,老奎一下子就蔫了。刚才他看上去还得意扬扬的——好像回光返照,又成了当年那个臭名昭著的滚刀肉。但老郭只给他递了根烟,他就像条老狗似的,佝背塌腰地跟着老郭走了。他们一同消失在派出所的门廊前,飘进炽白的光里,就像是羽化成仙,遁入了虚空当中。

我以为这事就算完了,至少是可以暂时搁置起来了。但过了大概有半个月,报纸上居然登出了报道,题目是——老浪子昔日卖女,今日终于投案自首。还配了照片,老奎在镜头里正说得眉飞色舞。然后就有不明就里的群众往所里打电话,义愤填膺地质问我们干吗不把这没人性的老东西逮起来。所长被搞得恼火,指派我专门答复这样的质询,好像这事儿是我惹出来的一样。我当然更恼火,每天的琐事已经够多的了,还得在电话里苦口婆心地普法。同事们也故意逗我,一接到这种电话,就大呼小叫地喊我。

是老奎自己跑到报社爆的料。他像是专门要给我找事。

这事闹了有小半年,我被折腾得够呛。后来有一天我在家休息,中午时老郭给我打来了电话。他让我找辆车,马上到老奎家去。我到了的时候,他们已经等在楼下。两个老头都蹲着抽烟,旁边撂着一捆包袱。老郭得病后就戒了烟,我看出来了,这会儿他也就是做做样子,好像不做做这个样子,就不能跟老奎打成一片。

上了车,我才知道这是要把老奎送到养老院去。地方是老郭找的,离得也不算远,还在我们派出所的辖区里。这家养老院是私营的,规模不小,据说条件不错,住进去不容易,有的老人已经排了两年的队。天知道老郭是怎么搞定的。我想这事儿,怕是不会像让两根烟那么轻而易举。这就是我师父。他除了跟老奎长得像点儿,俩人之间既不沾亲又不带故。再说了,他已经退休了,自己还在跟喉癌死磕。

两个老头都不说话。我偶尔回头,看到坐在后排的他们，居然手拉着手。两只满是老年斑的手彼此扣着，像盘根错节的枯树根咬合在一起。车里有股老年人身上特有的怪味儿。这气味还带着颜色，青灰，又泛着点儿苔藓长着毛的墨绿。没错，你也可以说那就是死亡的味道。

到了地方，老奎却不想进去了。老郭也不劝他，让我跟他在院门口等着，自己蹒跚着进去找人办手续。老奎的包袱扔在地上，他一屁股坐了上去，从口袋里拿出只铝烟盒。这只铝烟盒我太熟悉了，现在竟然到了他的手里。铝烟盒里装着烟丝，估计不够他抽几回的。也就是说，用这只铝烟盒来装烟丝，实用性不大。它更像是个装饰品或者是纪念物。不知为什么，我还觉得拿在老奎手里，它也像是个女人用的粉饼盒。尽管它算不上太讲究，但对老奎来说，还是精致了点儿。

他开始卷烟。我跟他说这家养老院有多好。我也知道，我的话他压根没往耳朵里进。他抽着烟，眼睛空洞地望出去，像是曾经望着滔滔的江水。最后我还是忍不住又问了那个问题。它挺困扰我的，我当时想的是，我要是再不问一下，可能就永远不会得到答案了。我装作漫不经心地问老奎——为啥要在一把年纪了的时候想到来自首？老奎不搭理我，抽他的烟，望他的水。问完我才明白，其实我也没那么想得到个答案。这世界上说不清的东西太多了，而有答案的东西却太少。法律写得倒是清楚，那也可能是一部分答案，但如果世界的问题犹如滔滔江水，法律的答案扔进去，顶多是颗微不足道的石子。明白了这点，你大概才能当好一个警察。

"就是孤单么，想跟人说话。"冷不丁，老奎来了这么一句。

我听见了。但当时像没听见一样。随后我才意识到，"孤单"这个说法，我压根就没跟他挂上过钩。这个词不该在他老奎的词库里。我认为有些情感是他无从觉醒到的。哪怕它们已经实实在在地攥紧了他的心，疯狂地荼毒他。就好比如果他真的被"孤单"所煎熬，恐怕也只会本能地有所不适而已——那情形完全是生理上的，在他，可能就像是嗅到了一股令人反胃的恶臭。他没法将之上升为一种情感。所以，我以为听见了另外一个人说话。

他还是不看我。但我没看错的话，他的眼角有浑浊的老泪。你见过人的眼泪像洗过抹布的脏水吗？当时我就见识了。他还能流出脏水一样的眼泪，这算是上帝对他的一个优待。你知道,动物们只能干瞪着眼睛默默承受。不过这可不像一辈子都让上帝头疼的那个老恶棍,他敢杀人,敢卖闺女,敢当钉子户,可是不敢承受老了的"孤单"。

他坐在那儿,整个人蜷缩着,像是被人扔出去时还揉成了团的废纸,你要是想重新弄平整,得用熨斗使劲熨才行。报纸卷出的烟卷都快烧到他指头上了。有一阵,我甚至动念,是不是想办法帮他把闺女给找回来。但这念头立刻打消了。还是算了吧。有什么好说的呢?你要是也被自己的亲爹卖过一回,你就会明白我的意思。

"从上海回来,咋就觉得屋里更空了。"他说,"我都后悔为啥非要那么大的房子,不如回监狱去待着。"

那房子并不大,一居室而已。凑合着住倒是够了。可已经放不下一个老混蛋的"孤单"——这玩意儿好像有体量,而且呈弥漫状,随物赋形,无孔不入,能把整个世界都塞得满满当当的。

老郭在院子里朝我们招手。我把老奎拎起来,还替他拎起了包袱。这两样都不重,轻飘飘的。不是的,我没有同情他的感觉。或者说,仅仅是同情他并不足以说明我的情绪。我只是被更加虚无的东西给裹住了,就像是掉进了云堆里。怎么说呢？嗯，我是有点儿伤感。

我师父老郭站在不远处。几个统一穿着橘红色马甲的老人在窗口探头探脑。条件再好，在我眼里，这里也是生老病死的所在，是荒凉之地。但你无能为力。可能最后我也得把我妈送进来。可能最后我自己也得被人送进来。我们向老郭走过去，我突然觉得我师父也是轻飘飘的，大概也已经瘦到了能被我一只手就拎起来的地步。时值仲秋，天高云阔，但那一刻，我的感觉并不比待在六十年未遇的酷暑中好受多少。

那是浩渺的炽灼跟微茫的薄凉交织在一起的滋味。

本来小吕是要求睡上铺的，他觉得下铺是我应该享受的待遇，但我还是坚持睡了上铺。我觉得在那样一个上不着天、下不着地的高度躺着，人像是躺在了另外的一个维度里。这能让我有种无从说明的平静之感。我说过，我是个内心戏比较多的人。我睡在上面，看不到下面的情况，说话就像是自言自语了。说完这些后，下面半天都没声音。我以为小吕已经睡着了。

"孤单。"他突然发出了一声叹息般的回味。

我探出头，看到小吕的头枕在自己胳膊上，一脸若有所思的样子。又过了一会儿，小吕就跳了起来。临出门他还没忘记戴上帽子。他就是这样，注重警容，比我强，是个当警察的好苗子。他没跟我说要去干吗，但我大致能猜出来。我从窗子望出去，看见他跑进夜色里，于是开始将他想象成一只在六十度的水温里畅游着的青蛙。

我想睡，却不怎么能睡得着了。夜深人静，万籁俱寂。连值班室的电话都不再响了，对面超市门前的木马却还在唱着儿歌。我也想过要提醒超市的老板夜里就把它给关了，费电，可能也有点扰民。但我没那么做。我想，这世上的人干世上的事，恐怕都有他自己的理由。如果对别人妨碍不大，就由他们去吧。儿歌里唱到"天上的眼睛眨呀眨，妈妈的心呀鲁冰花"。我开始想我妈。我想，她老人家现在孤单吗？

小吕出门时替我关了灯。外面旋转着的警灯把斑斓的光投射在天花板上。我举起手，光着的胳膊被照进的彩光裹缠，红红绿绿，像是文了身。这一刻，我又想到了我们农大"解民生之多艰"的校训。随后，我也感到了那大水一般漫卷着的孤单。

天边露出鱼肚白的时候小吕才回来。我迷迷糊糊地被他吵醒,看见他兴奋地趴在我床沿上,腋窝下全是汗渍。

"老校长承认报假案了。"他说,"本来问清楚我就打算回来,可老头硬是拽着我说了一宿的话。他儿子去美国三年了,平时连个说话的人都没有。"

小吕的眼睛里有血丝,不像青蛙,着实像兔子了。

"他那是诬陷,"我说,"涉嫌犯罪了。"

我当然早料到了,否则干吗半夜跟他聊老奎。

"我教育过他了。"他说,"老头就是见不得邻居一家三口其乐融融的样子,说是看了堵心。"

小吕的口气里有着替人辩护的味道。我想我大概没看错人,这小伙子没铝烟盒,也能当个好警察。

我翻下床准备洗漱。洗澡间在对面食堂的楼上,从宿舍走过去,盛夏清晨的空气就开始隐隐发烫。冲澡的时候小吕一直围在我身边说东说西。为了让他更高兴些,我在水花中拍了拍他肩膀。

再有半个小时,五点半,就得在值班室里就位了。但愿八点半交班前不用出警。不是厌战畏难,是天太热,都破了六十年的纪录了。人活着已经是在苦熬。

黄金

要么,高大的黄金砌在风中;
要么,死亡和顺从。

——人邻《谶语》

一

毛萍被拘留了十五天。看守所里卫生条件自然是差一些,回到齿轮厂家属区时,毛萍的头发都板结在了一起,向后拢住,就很一丝不苟,像一只生硬的假发套。于是,毛萍前额上本来可以被头发掩藏住的那块疤痕就暴露了出来,在阳光下明晃晃的。

开小卖部的宋老头最先看到了毛萍。老家伙这些天来就等着这个时刻,他要向毛萍讨要自己的损失。毛萍出事的当天,派出所的李警察就带了几个联防队员突击了他的小卖部,把那些玩具手枪全部没收掉了。宋老头和他们争辩，说凭啥没收我的枪？李警察说，知道是枪你还要问？宋老头咽口唾沫，改口说凭啥没收我的玩具枪？李警察从那些玩具枪里举起一把，在他跟前比画一下说，这是玩具吗？难道不比真的还像真的？流落到坏人手里，会造成多大的危害？何况，它已经造成危害了！

这个危害就是毛萍制造出来的。她和郭老师在周大生金店里购买首饰时，突然拔出了这么一把玩具枪，指在营业员的脸上，阴郁地盯着人家。人家当然会魂飞魄散，惊叫像被弹弓从嗓子里发射出来一般。直到一群保安揪头发拧胳膊地把毛萍按在柜台上，这个营业员仍在惨叫不已。人家完全失去控制了，蹲在地上，两只手举在耳朵边，运气般地一下张开一下攥紧，张开时就深吸气，攥紧时就把肚子里饱满的气流变成一声比一声高昂的呼啸。如临大敌的警察随后就赶到了。但是很快他们就觉出了滑稽，哭笑不得地把毛萍和呆若木鸡的郭老师带回去，还不得不专门派出一个人抱着毛萍六岁的儿子毛头。

这件事情真的是可大可小。好在警察办案办得人性化，经过一番审讯，再经过一番负责任的调查，他们得出结论：这个女人完全是瞬间的心理失控，并不具备主观的故意,她只是在满眼辉煌的黄金下,遽然谵妄了,用自己儿子的一把玩具手枪无意识地比画了一下。应该说,是毛头救了毛萍,否则毛萍绝对不会只被拘留十五天——警察们宽宥地判断,谁会带着个六岁的孩子打劫金店呢?

宋老头却绝不宽宥毛萍。他一个健步跳出小卖部,堵在了毛萍的面前,一只手伸在毛萍眼皮下说,你得赔我,警察把我的枪都没收了!毛萍看着他不说话,脸上是无辜的样子。这个样子把宋老头激怒了,他想你跟我装什么痴呢。你买那把枪的时候可一点也不痴,硬是把价钱杀掉了一半的,现在你倒装起痴来了呀!这么想着宋老头手底下就没了分寸,居然一把揪在了毛萍的胸上。毛萍依旧一动不动,脸上没有表情,说,回头我赔你好了。

二

毛萍前额上的那块疤是一块和黄金有关的疤。

毛萍十六岁时就谈起了恋爱,对方是她的同学,也是齿轮厂的子弟,叫王努。王努甚至比毛萍还小着一岁,文弱,单薄,皮肤白皙,毛发柔软。但是,在毛萍眼里,正是王努身上这些女性化的特征,才把他和齿轮厂里那些臭烘烘的少年区别开了。那些臭烘烘的少年,粗暴,肮脏,脸上总是油汪汪的,并且过早地憋出了一粒粒红肿的粉刺,和他们相比,王努就显得体面了。是的,体面,这就是少女毛萍对王努做出的评价。这个词在少女毛萍的心目中象征着一种与现实迥然不同的境界,它是清洁的,优雅的,若隐若现地飘浮在齿轮厂灰蒙蒙的天空中,成为一个令人向往的东西。追求体面,是毛萍的母亲抛弃自己丈夫的理由之一。毛萍的父亲毛楠生就是在这个词的贬斥下重新沦为了光棍,孰料,这个词又成了少女毛萍衡量爱情的一个准则。

少女时期的毛萍大胆热烈,她通过脚向王努发出爱的信号。王努坐在她的前排,毛萍就在上课时伸出脚去勾王努的脚。起初王努受到了惊吓,一度把两只脚悬在空中,坐姿像一只龟缩的猴子。等到可以比较坦然地接受时,王努就迎合着把脚和毛萍的脚绕在一起,并且逐渐发展出一种语言,缠着绕着,在课桌下面表达出了很多用嘴不能轻易表达的东西。

他们开始约会,放学后默契地会合在一起,手拉着手去一些人迹罕至的地方。这个时候毛萍才发现,王努的手比脚更美妙,完全是一双体面的手。他的手指修长,皮肤细腻得令毛萍都有点羞愧,毛萍觉得,当他们的手牵在一起时,自己的手反而粗糙得像一个男人的手。所以,当这双手有一天开始游走在毛萍的身上时,毛萍有一种欣慰的忧伤。他们靠坐在齿轮厂后面那栋遗弃的车间里。周围是报废的机器,空气中流动着一股颓废的铁锈味,一些稆生的植物居然从钢铁中生长出来,夕阳透过巨大的窗户奔涌进来覆盖住他们——这种格调不同于他们的日常体验,齿轮厂仿佛一口庞大的油涡,生活在里面,周围每一个人都像被炸糊了的油条。但是在这栋废弃的车间里,却是一种清洁的荒凉,令他们感受到了一点模糊的凄凉之美。毛萍的头埋在王努瘦削的膝盖间,突然就涌现出一种爱惜的情绪,觉得自己像一个姐姐,甚至是妈妈,应该很无私地让这个男孩子幸福。于是她仰起了身子,鼓励王努那只在身后摩挲着她的手更自由地去抚摸。王努的性格和他的外表一样优柔寡断。他的手始终是胆怯的,起初几乎是被毛萍牵着一寸寸地爬行,松弛下来后,依然像一个漫无目的的迷路者。直到毛萍突然尖叫了一声,王努才惊恐地恢复了思维。他仓皇地抽出自己的手,看着毛萍突然呈现出疼痛的表情。王努本能地意识到毛萍的尖叫与自己的手指有关,就去观察自己举在半空的手。他发现,自己的指尖上沾着一缕红色的液体,新鲜的颜色正逐渐暗淡下去。那一天,毛萍是在王努的搀扶下走出那栋旧车间的,她不由得要通过把腿夹紧来缓解疼痛。那种痛既是尖锐的,也是温和的,像被蜜蜂蜇伤后的灼热。

少年王努的心里充满了不安和忐忑,自我谴责令他既焦虑又无助。他决定做出些表示,让自己看起来像一个敢担当并且有豪情的恋人。但他用来表达这些愿望的手段的确有限,鬼使神差的,他从自己口袋里摸出一块东西塞给毛萍。毛萍向前走一步,嘴里嘶地吸口气,把疼痛夸张地传达给王努,同时蹙着眉看手心里那块东西。它有乒乓球那么大,捧在手里却似乎有铅球那么重。它是不规则的圆形,疙里疙瘩的,在夕阳下发出黄灿灿的光芒。毛萍问是啥东西呢。于是少年王努给出了一个足以影响毛萍一生的答案。这个答案具有谶语的性质,它都不在王努自己意识控制的范围内。所以说出这两个字后,王努自己都有些不可思议,尽管他认为这块东西在自己心目中的分量几乎是和那两个字一致的,他并没有夸大其词,但是那两个字说出后依然让他虚弱了下去。王努回答说,黄金。

黄金,多么体面的两个字。这两个字在夕阳中熠熠生辉,结合着虫咬般的疼痛,在少女毛萍的心里就有了庄严的意味,让十六岁的她陷入了一瞬间的憔悴。

## 三

这块被称为"黄金"的东西,很快却落在了毛楠生的手里。

毛楠生是毛萍的父亲。他是齿轮厂里数一数二的车工,这个优秀的工人却被自己的老婆抛弃了。老婆认为和毛楠生过的是一种没有尊严的生活。这是个令毛楠生无法接受的指责,他说,你可以说我长得丑,说我是穷光蛋,但你不可以说我没有尊严!毛楠生的证据是自己在十几次技术比武中获得的奖状——难道一个多次获得荣誉的人会是没有尊严的吗?所以,最终老婆还是跟别人跑掉后,毛楠生的心里就格外愤怒。一个中年男人,突然在一夜之间失去了老婆,愤怒的毛楠生当然会颓唐沮丧。于是,愤怒和沮丧这两种不太协调的情绪，同时作用在毛楠生身上，就令这个本来很光明磊落的优秀工人变得猥琐起来。

老婆跑后不久，毛楠生吃惊地发现，自己居然对女儿毛萍好奇起来，他开始偷窥女儿的隐私。这里面幽暗的动机既荒谬又合乎逻辑，毛楠生自己也觉得羞愧和难以启齿，但是这个优秀的车工已经无力约束自己的行为了，渐渐地，也甘于去做一个没有尊严的人了。

毛楠生在一个清晨发现了毛萍内裤上的那缕血迹。毛萍前脚刚出门，毛楠生就溜进了女儿的房间。内裤塞在被子里，似乎还带着毛萍的体温。虽然晨光恍惚，但是把这条内裤捧在鼻尖的毛楠生还是敏锐地发现了那缕血迹。毛楠生在一瞬间激动起来，他已经比较准确地掌握了女儿的生理周期，所以他立刻判断出了这缕血迹的可疑。这个判断带给毛楠生的激动却是一个含义复杂的激动，既震惊，又有股抑制不住的亢奋。

这种亢奋持续了整整一天。晚上毛萍放学回来时，毛楠生脸上的潮红依然没有消退。很快，在毛楠生的咆哮下，毛萍就交代出了这缕血迹的来由。同时，那块被称为"黄金"的东西也交在了毛楠生的手里。作为一名优秀的技术工人,毛楠生只用了一眼,就看出这只是块黄铜。虽然在那个时候,黄铜也算得上是贵重金属了,这么一块黄铜如果卖给废品收购站,几乎可以改善一顿伙食。但是,它毕竟只是一疙瘩黄铜。在毛萍毫无防备的情况下,这块铜疙瘩已经从毛楠生的手里飞了出来,像一记铁拳般的砸在毛萍的前额上——他妈的你把这当黄金?

毛萍几乎被砸得栽倒,血顺着脸的一侧流下来,有一些就流进了眼睛里。毛萍看着变得红红的毛楠生继续向自己咆哮:真的是指头?

毛萍缩起来,说,是指头。

哪只手?哪根指头?

这样的盘问让毛萍回到了具体的回忆中。她本来是要去想哪只手和哪根指头的,但是被重击之后的脑袋晕晕的,却让她回到了那栋夕阳中的旧车间,回到了那种清洁的荒凉中,那种凄凉之美令少女毛萍居然露出了微笑。这当然最大限度地激怒了毛楠生。他扭头进了厨房,提上把菜刀就奔了出来,在毛萍眼前挥舞一下说,你不说是吧?我这就去把那小畜生的手指头都剁下来!毛萍觉得自己的头要裂开了,她尖叫起来:你去吧!你去吧!觉得体面你就去把他的手指头都剁下来吧!

王努的手指头最终没有被剁下来。毛萍的尖叫遽然浇灭了毛楠生的激情。"体面"这两个字具有意想不到的威力,它以前曾经无数次在毛楠生的耳朵边响起,令他煎熬不已,甚至已经成了一个咒语,念出来就能让他萎靡不振。毛楠生料不到的是,这两个被自己老婆反复使用的字,如今居然也被女儿继承了下来。但是毛楠生依然找到了王努家,只是那把菜刀在进门前被他很体面地掖在了裤裆里。

回来后毛楠生就已经完全平静了。他比较成功地做了一笔交易。

第二天王努就从齿轮厂消失了,据说被送到了乡下的亲戚家。毛楠生对这个结果很满意,也庆幸自己没有把事情搞大,毛楠生认为这件事情除了给毛萍的额头上留了块疤,其他所有可能产生的坏结果都被避免了。

## 四

毛楠生显然是错了。毛楠生在其后的十多年里日甚一日地后悔，认为当初真的是应该把王努的手指头都剁下来，自己做的那个交易，放进一辈子这样的长度去衡量，简直是吃亏透了。

这件事情带来的麻烦居然是无穷无尽的，最显著的一个麻烦是，毛萍在三十岁时，依然没有嫁人。

从十六岁到三十岁，毛萍前额上那个伤口逐渐长成一块明晃晃的疤痕。她依次读完了技校，参加工作，进齿轮厂做了一名工人。这些都很正常，同身边的大部分人一样。但是不正常的事情却渐渐浮出了水面，仿佛经过了漫长的化学反应，那件事情终于产生了裂变——在早婚现象比较普遍的齿轮厂，毛萍却始终没有嫁人的迹象。毛萍长得不好看么？当然不是，她长得越来越像自己的母亲。毛萍的母亲在将近四十岁的时候依然有男人愿意把她勾引着跑掉，很大程度上是因为她的容貌。当年齿轮厂里的人都说毛萍的母亲长得像电影演员张瑜。如今，也长得像张瑜一样的毛萍落在了结婚队伍的后面，当然就成了不正常的事情。

这里面的原因毛楠生当然最清楚。随着毛萍年龄的增长，毛楠生也越来越心虚，他当年毕竟在那件事情上做过交易，得到过一些当时看起来还算丰厚的好处。所以，当毛萍成为一个不折不扣的大龄女青年时，毛楠生就在愧疚中苦恼起来。毛楠生决定亲自促成女儿的婚姻大事。他选择了自己的徒弟张红根。

张红根是齿轮厂里有名的好脾气男人。别人说，张红根，我看你像个女人。张红根都不会生气。把目标锁定在张红根身上后，毛楠生在厂里的浴室洗澡时，专门观察了一下。他发现张红根在淋浴蓬头下都不随便撒尿，而是走到一边去解决，并且张红根的那件东西也长得白白净净的，一副让人踏实的模样。毛楠生想，这样的青年，是没有任何危险的，毛萍和他在一起，是不会吃苦头的。

张红根那里没有什么问题，他从来都对毛楠生唯命是从。毛楠生认为自己没有把握的只是毛萍的态度了。之前是有那么几个男人追求过毛萍的，在毛楠生看来，条件都还不错，但是毛萍都不加理睬。毛楠生自己也不太踏实，当年毛萍内裤上的那缕血迹，足以让毛楠生对女儿的婚姻充满担忧，他不能确定条件好的男人们是否会忽视这个问题。所以，毛楠生要给自己的女儿找一个好脾气的男人。

毛楠生去给毛萍说。出乎意料的是，当得知对方是张红根时，毛萍居然同意了。毛萍这时候已经在齿轮厂工作十多年了，是一名熟练的天车司机。她对张红根是熟悉的，知道那是一个因为性格腼腆而受到普遍鄙视的男人。毛萍没有任何要求，她只是提出必须让张红根给她买足五十克的黄金。这个时候，黄金已经不是什么很昂贵的东西了，毛萍要求的五十克，是在心里面衡量过的，那应该是张红根可以承受的分量。同样的，张红根也对这个分量衡量了一下，算一算，居然用不到一万块钱。张红根感觉自己是交到好运气了，用不到一万块钱就可以娶到长得像张瑜的毛萍。

那五十克的黄金是通过一条项链和一对手镯凑足的。毛萍言出必行，收到这些东西后就同张红根结了婚。

毛楠生舒了口气，觉得自己这件事情办得十分漂亮。

## 五

但是毛楠生又错了。

结婚的当天晚上，就从张红根的屋里传出了毛萍惊天动地的哭声。许多人都往他们新房的窗子下跑，想听出个理由来。但是屋里的两个人谁也不说话，传出来的只是毛萍声嘶力竭的号啕，还有肉搥在肉上的砰砰声。

毛萍其实是不愿意大声哭出来的，但是这个张红根下手实在是太狠毒。

张红根把毛萍的身子翻过去，问她，血呢？

毛萍一下子没有反应过来，问他，啥？

张红根又问一遍，血——呢？

这下毛萍反应过来了，嘴抿得很紧，不自觉就是一个宁死不屈的样子了。

张红根又问，血——呢？还是得不到回答，就动起手了。起初只是拨拉毛萍，问一声拨拉一下，后来就下起毒手来，也不再问了，掀起被子把毛萍裹在里面，专门找头部、腹部这些要紧的地方搥。毛萍在被子里吃不住打，挣扎着探出头，一眼从床边的穿衣镜中看到自己的头已经被打得肿成了一只皮球，就立刻被变了形的自己吓哭了。她一哭，张红根更是恼羞成怒，觉得她是在故意宣扬家丑，手上就愈加不顾死活。后来毛萍的恸哭已经与疼痛无关了。有种无穷的悲伤贯穿了毛萍的胸膛，令她控诉般的号啕不已。

都住在齿轮厂的家属区里,毛萍的哭声当然也惊动了毛楠生。毛楠生的第一个反应就是跳下床提了菜刀向屋外跑。毛楠生想,张红根这畜生一定是要把毛萍往死里打了,否则毛萍不会是这么个哭法,毛萍从来就不是个爱哭的人,他这个当父亲的都没见毛萍哭过几次。但是跑过去一看屋外挤满了人,毛楠生就把菜刀藏进了怀里。他醒悟过来,此刻自己是不宜出面的,否则同张红根斗起来,自己必定会被搞到理亏的狼狈境地——张红根打毛萍是有道理的啊。

第二天一早,毛楠生没找过去,张红根自己倒找上门了。张红根开门见山地说,我把毛萍打坏了,估计三两天是下不了床了。毛楠生大吃一惊。令毛楠生吃惊的不是张红根说出的话,是张红根说话时那副挑衅的神气。毛楠生想,这还是那个对自己唯唯诺诺的徒弟吗,怎么一夜之间就变成了一只狼?相形之下,一贯威风凛凛的毛楠生却低声下气起来。毛楠生说,红根你以后不要那么打我家毛萍,你不认我是你老丈人,还得认我是你师父吧?张红根哼一声,说,师父——你让我用五十克黄金买了个啥?

# 六

发现张红根变了个人的不只是毛楠生,大家都觉得张红根结婚后就焕然一新了。譬如张红根会突然跑到毛萍所在的车间里来,冲着吊在天棚上的天车神气地一挥手,毛萍于是就乖乖地停了天车,从七八米高的高空上下来,然后在大家吃惊不已的目光中挨一记张红根的耳光。男人打女人耳光这种事情在齿轮厂是不稀奇的,稀奇的是,张红根打毛萍耳光时的那种不由分说,而且是打得毫无缘由,简直是想打就打,说打就打。虽然张红根的这种态度只是针对自己的老婆,但是大家也在无形中被他震慑了。于是,大家对张红根的态度也发生了变化,起码没人再走到他面前说,张红根,我看你像个女人。这样一来,张红根就得到了怂恿,对待毛萍更加为所欲为了。

所以,毛萍其后发生的转变,大家也认为是理所当然的。

结婚前的毛萍冷漠得像一个公主,对所有男人都爱搭不理,似乎天车司机这份工作造就了她的心理优势,她对齿轮厂的男人们都是俯视着的。但是在张红根持之以恒的当众羞辱之下,婚后的毛萍迅速地改变了自己。

毛萍的转变是风驰电掣般的,根本没有什么过渡,她不需要循序渐进,一下子就跳跃到了另一个极端。只要是个男人,并且你能满足毛萍的一个要求,毛萍就可以让你做你想做的事情。毛萍的那个要求是恒久不变的——黄金,你必须给她黄金,多少不论,只要是黄金。这迅速成为齿轮厂一个公开的秘密。大家也不好意思糊弄毛萍,用来和毛萍做交易的至少也会是一副一克多一些的金耳环,最初更有豪爽的男人送了几十克重的大金戒指给毛萍。毛萍成了齿轮厂里男人们共同的话题。时间久了,就有人相互交流起经验来。不知道是从谁嘴里说出来的,这个人说毛萍的阴毛都是金黄色的,像外国女人一样。于是,有一个外号就流传开了,见识过没见识过的男人,都把毛萍叫作"金毛"了。

这个外号当然也会传到张红根的耳朵里。但是张红根没有一次因此当众追究过毛萍。其实要捉住毛萍是件很容易的事情,除了对方提供场所,毛萍总是把给他黄金的男人领到齿轮厂后面那栋废弃的旧车间去。那栋旧车间十几年如一日地废弃着,一切都变了,只有它还是老样子,亘古不变似的，空气中依然流动着一股颓废的铁锈味，一些穄生的植物依然从钢铁中生长出来，夕阳依然透过巨大的窗户奔涌进来。和毛萍一同进去的男人多了，这栋旧车间便成为众所周知的一个去处，名气大到家长们都会禁止自己的孩子接近那里。这栋旧车间也成了张红根的禁地。张红根也拒绝去那里，他知道，一旦去了，需要自己打耳光的就不只是毛萍一个人了，理论上，他的主攻方向应该是毛萍身边的某个男人。

张红根只把矛头锁定在毛萍身上。随着毛萍拥有的黄金与日俱增，张红根对待毛萍的手段也无所不用其极了，有一次揪住毛萍的头发向门上去撞，直接撞在门后用钢筋窝的挂衣钩上，将毛萍的前额撞出一个洞，恰好就在那块旧伤疤上。毛萍一脸的血，跑回毛楠生那里，居然笑着说，爸，你给我头上画了个靶子吗，怎么就这么准呢？毛萍的所作所为，早已经令毛楠生既忧且愤，看了毛萍血糊糊的一张脸，毛楠生觉得自己一下子苍老了。毛楠生说，不行就离了吧，这个畜生早晚会打死你的，你也早晚会惹得人家打死你的。

毛萍却不和张红根离婚，非但不离，过了不久还生下个儿子。张红根本来也是不和毛萍离的，但是这个儿子却让他不得不离了。大家都说这个儿子跟张红根一点都不像。见过的这么说，没见过的居然也这么说。这就把张红根逼上绝路了。那栋旧车间张红根可以绕开，可是一个活生生的儿子张红根无论如何是绕不开了。

只有离了。张红根要求毛萍把他的那五十克黄金还给他。于是，张红根见识到了毛萍的财宝。那居然是一只破书包，毛萍从里面哗啦一声倒出来一堆金首饰，华丽的光芒立刻晃伤了张红根的眼睛，令他一瞬间仿佛患上了夜盲症。实在区分不出哪一部分才是属于张红根的那五十克，毛萍就随便凑足了那个分量还给他。

## 七

离了婚的毛萍依然故我，只是因为要照顾儿子毛头，在时间上不是那么充分。

不久后，齿轮厂的效益就开始大幅度滑坡了。大家的手都变得紧起来，用黄金跟毛萍做交易的男人似乎在一夜之间都变成了穷光蛋，即使有心，也无力了。于是，毛萍黄金增长的速度戛然而止。毛萍并不尝试让它重新恢复增长。毛萍有一个准则的,和陌生男人,她是不做交易的。这一点也保护了毛萍,让她没有遇到过法律上面的麻烦。

接下来,就开始有人下岗了,很快就轮到了毛萍的头上。毛萍不像其他人那样栖栖惶惶,下岗就下岗,好像波澜不兴的样子。大家议论说,毛萍当然不用愁,她有黄金呢,多得可以砌一面墙了。

但是毛楠生不这么认为。毛楠生已经退休了,他以一个老年人的心态开始为自己女儿的后半辈子担忧。毛楠生觉得毛萍还是应当有个归宿,否则即使真的有足够砌一面墙的黄金,也未必能保证她把这辈子打发过去。毛楠生很后悔,自己当年和王努家做的那个交易,如今看来,非常不划算,毛萍成了现在这个鬼样子,根源不就是王努那小畜生的一根手指头么?如果知道毛萍会被祸害成这样,当初说什么也该剁下那小畜生的手指头。毛楠生这么想着,就找到了王努家。他当然不会再提着菜刀了,但是依然摆出了一副老光棍的姿态,进门就说,你们得替我家毛萍负责。王努的父亲一时没有明白过来,等想明白了,脸一下子就掉下来,他觉得,时隔多年,在这件事情上,毛楠生早已丧失了纠缠的正当性,何况,当年自己是给了毛楠生一万块钱的。王努的父亲冷笑一声,讥讽地说,我们替你家毛萍负啥责呢?再说,你家毛萍哪用人来替她负责,她都有本事开家金店呢。毛楠生料到会有这样的局面,马上就换了策略,两颗浑浊的老泪从眼睛里滚出来,沉痛地说,我没别的意思,今天我是来求你的,咱们都是做父亲的,王师傅你要理解我。

王努的父亲有些诧异了,问他,你求我啥?

毛楠生说,王师傅你认识的人多,麻烦你给我家毛萍介绍个男人,啥要求都没有,只要能保证不打我家毛萍。

毛楠生浑浊的眼泪和凄惨的语调都让王努的父亲动了恻隐之心。但毛楠生的这个请求实在是很让人棘手,毛萍"金毛"的名声早已在外,给她介绍男人该有多困难!但是断然拒绝毛楠生,似乎又不是很合适,毕竟,自己的儿子当年闯下了这么一个祸。

# 八

几经周折,郭老师被介绍给了毛萍。

说是老师，其实这个人已经没资格站在讲台上了。据说是因为猥亵女学生，只是证据方面不太充分，所以才没有被关进监狱里去。工作倒是保住了，在齿轮厂技校做些后勤方面的事情。

王努的父亲向毛楠生保证，这个人绝对不会动毛萍一个手指头。毛楠生相信这个保证，他想，都是犯过错误的人，相互之间应该没有揪辫子的理由。毛萍也不反对，条件还是那一条——拿黄金来，分量倒是不再限定了，多少都行。

郭老师第一次进到毛萍的家里，就毕恭毕敬地奉上了一条金项链。然后他垂着脑袋坐在沙发里，把一圈光秃秃的头顶亮在毛萍面前。在毛萍眼里，这也不过是一次熟悉的交易，所以看到郭老师垂头丧气的样子就有些好笑。毛萍主动过去坐到他身边，刚刚准备对他说些什么，就措手不及地被郭老师扑倒在了沙发里。毛萍本能地去推他，不料这个一分钟前还缩手缩脚的男人却在刹那间变成了一只豹子，毛萍根本就不是他的对手，两三下就被他凶猛地进入了。毛萍在诧异中看到自己身上这个奋力动作着的男人居然涌出了大颗的眼泪，一颗一颗落在了自己的脸上。

凄凉就这样迅速地爬上了毛萍的心头。毛萍突然就对这个男人涌出了巨大的怜悯，觉得自己美好起来，甚至庄严起来，应该给予这个男人安慰。但是，郭老师完成得非常快，毛萍刚刚准备去配合他，他就结束了。毛萍心里的那份情绪却依然在蔓延，她去抚摸他，鼓励他再来一次。

这个态度令郭老师感激涕零。他是生活中被划分出去的那一类人，既然犯了错误，就自觉地一辈子夹着尾巴做人。来之前他对毛萍的名声也是早有耳闻的，他是来用黄金换取一次满足的，却意外地收获了仁慈。郭老师觉得毛萍真的是好，再一次抽泣着爬到了毛萍的身上。

获得善待的郭老师决定，马上再送一件金首饰给毛萍，他要毛萍不要误会他，他是真心诚意的。毛萍笑着不置可否。郭老师态度坚决，并且要求毛萍和他一起去金店，亲自挑选自己满意的黄金。毛萍就答应了下来，先到毛楠生那里接了毛头，然后三个人一同向家属区的门外走。

快走到门口时，一辆黑色的轿车正驶进来。车窗的玻璃是摇下来的，毛萍一眼就看到了王努。十多年过去了，王努依然文弱单薄，皮肤白皙，毛发柔软。他不知是从哪里回来的，进到齿轮厂的第一刻，就体面地从毛萍的眼前一闪而过。毛萍没有出声，但是那声尖锐的呼唤已经响彻了肺腑。

这时候开小卖部的宋老头正用一把仿真的玩具手枪逗弄着毛头。宋老头最喜欢诱惑毛头了，大家都知道，毛萍有的是黄金，买东西会毫不吝啬的。毛头上了宋老头的钩，揪着毛萍的裙角要求把那把枪买下来。毛萍恍惚地抽出张钞票塞过去。宋老头说，五块买不去的，至少要十块。毛头就又来讨要。不料毛萍凶狠地回一句，就五块！

## 九

毛萍从看守所回来的当天就走进了王努的家。大家都知道她在金店里上演了非常刺激的一幕，所以都对她的行踪非常感兴趣。毛萍进王努家时就被大家注意上了，她显然经过了精心的装扮，甚至比跟张红根结婚那天都更像一个新娘。人们并不知道毛萍当年的遭遇，议论说金毛果然厉害，老王家的儿子才从国外回来，就被她惦记上了，这次不知道要搞到多少黄金。

十多分钟后毛萍出来了,她的脸色煞白,神情却很平静。

宋老头又是一个箭步跳出了小卖部,堵在毛萍的面前,一只手伸在毛萍眼皮下,轻佻地说,你得赔我,警察把我的枪都没收了。

毛萍看着他不说话,脸上是无辜的样子。就在宋老头再次打算揪向她胸脯的时候,她将一只攥紧的拳头伸在了宋老头的手里,然后徐徐张开,把那块东西放在了他的掌心。

宋老头疑惑地把这一疙瘩东西举在眼皮下分析,问她,啥东西?

毛萍觉得自己依然如同十六岁时的那个黄昏一般疼痛和庄严,她在一瞬间的憔悴中体面地说出了那两个熠熠生辉的字:黄金。

夏蜂

一场暴雨后，屋檐上像长蘑菇一般长出了硕大的蜂巢。家中的老人试图将之捅掉，结果不出所料地没有得逞。也许只能听凭黄蜂肆虐，在长日无尽的盛夏里将屋顶啃光了。在这种令人无力的想象中，母亲终于答应带着男孩去省城。

出门坐了两个多小时车，母子俩先到了县里。在县里的客车站，母亲让儿子等在原地，自己去买开往省城的车票。烈日炎炎，天上一片云也没有。男孩局促地站在停车场明晃晃的空地上，感到两个脚底板在融化。目送母亲离开的背影，男孩发现，这么热的天，母亲却穿着一条很厚的深色裤子。没准是父亲的？男孩惊讶地猜测，不明白自己为何此刻才发现了这一点。也许出门时他太兴奋了，根本无视母亲的穿戴；也许身边经过的那些女人，她们光着的大腿，让男孩比照出了母亲的古怪。

烈日下的一切都是亮的。母亲穿着厚裤子的背影却是暗的。母亲像一条鱼湮没在一片光明中。后来她又破水而出，在浮动的热气中袅袅现身。太亮的地方，人的轮廓反而是虚的。男孩觉得母亲走来的身影总是离自己遥不可及。她似乎永远都走不到他眼前了，虚虚地蠕动在光影里，突然弯下腰不动了。随后她蹲了下去。男孩知道，母亲又呕吐了。

男孩走过去，无助地站在母亲身旁。母亲吐出来的不过是一小摊水，微不足道，里面有几片芹菜叶。那摊水在炽热的阳光下迅速消失，似乎还滋滋作响。出门前他们用一只大可乐瓶灌满了浆水，在来县里的长途汽车上，母亲不停地大口喝着。浆水是母亲用芹菜沤的，灌进可乐瓶后，她还加了白糖。现在这只可乐瓶拎在男孩手里，里面的浆水泛着气泡，余下小半瓶。男孩笃定地认为，自己手里的浆水，对于正在呕吐的母亲不啻为一剂药。这些日子以来，母亲频繁呕吐，呕吐后，便大口大口地灌浆水。

男孩将可乐瓶递给母亲。母亲伸出手，却一把抓住了儿子的手腕。她因此借了些力，艰难地站起来。但男孩觉得母亲就像一个落水的人，不过是抓住了一根稻草，然后自以为得救了。母亲向儿子勉强地笑一笑。她的笑凝固在脸上,失去了勉强着收回去的力气。母亲牵着男孩的手,手心冰冷。酷热的世界在母子俩握着的掌心里形成了一块汗津津的水涡。

"你不喝点儿浆水吗?"男孩提醒母亲。

母亲恍然大悟地接过可乐瓶,就着瓶口灌下一口浆水。那个笑一直板结在母亲脸上,这让她看起来都不大像她了。她把可乐瓶还给儿子,像是偷喝了别人家的浆水一样神色忸怩。

母亲牵着儿子,儿子拎着可乐瓶,母子俩在停车场里寻找开往省城的客车。县城的客车站男孩来过,每次都是下了车就出站离开,从未有过逗留。因此他从未发觉这里宛如一座迷宫。一排排汽车在烈日下反射着刺眼的光。世界仿佛被钢化了,而且还被电镀了一遍,却又被暑气蒸腾得动荡不安,人的每一口喘息都能令空气随之微微摇颤。男孩原本以为母亲会轻车熟路,牵着自己,轻易地找到那辆开往省城的客车。但是母亲比儿子更加迷惘,东张西望,犹疑不定。男孩不禁怀疑,母亲从前一次次离家去往省城,是否都是真实的经历呢?

梭巡了一圈后,母亲沮丧地停下,鼓起勇气向人打问。对方是一个油光锃亮的男人,额头上的汗光可鉴人。

母亲从裤兜里掏摸出车票,向这个男人问道:"去省城坐哪辆车?"她的口气不像是一个问路的人,这让她显得有些唐突和没礼貌。好在那个笑依然歪打正着地僵在她脸上。

男人看看母亲,看看票,看看男孩,看看男孩手里的可乐瓶,一摆头说:"跟我走。"

母子俩跟在男人身后找到了目标。司机在车下检票,一行三人令司机侧目。这不怪司机,连男孩也觉得将他们三个人视为一家,是件令人难以置信的事。客车里凉爽至极,爬上去后宛如换了人间,男孩身上的毛孔立刻都张开了。每排座椅可以坐进三个人,男孩和母亲落座后,那个男人,母子俩的引路者,理所当然地和他们并排坐在了一起。

母亲靠在窗边,男人隔着男孩向母亲搭讪:"妹子,你们是哪里人?"

母亲侧脸望着窗外,置若罔闻。

"我们是陈庄人。"男孩嗫嚅着替母亲回答。

"陈庄啊,那是出美女的地方!"男人满意地笑起来，好像果然不出他的所料。"去省城玩吗?"

母亲依然不置一词。男孩尴尬地看男人一眼，只好垂下头去。本来这次出行，在他而言的确是一次玩耍，但这一刻，他对自己的目的没有了把握。

得不到回答，男人并不甘心，再次追问道："究竟去做什么吗?"

男孩有些紧张，认为还是应该给出一个答案，只好向母亲求证。

"妈，我们去省城做什么?"男孩碰了碰母亲的胳膊。

母亲转过头，木讷地看着儿子。那个面具一般的笑顽固地罩在她脸上。母亲不知所以的样子让男孩觉得丢人。

"我们去省城做什么?"男孩轻声嘀咕，头垂下去不再看母亲。

母亲居然迟钝地重复了一遍儿子的问题："我们去省城做什么?"

"干吗问我?"男孩恼了，向母亲低声埋怨，"你自己不知道吗?"

"哦，你不是要去玩吗?"母亲喃喃地说。

男孩觉得乱套了,这并不是事实。不是因为他要玩,母子俩便有了这趟行程,而是母亲要去省城,男孩才提出了要跟着去玩。玩,并不是此行的目的,起码不全是,它只是一个顺带着的要求。以前母亲去省城,目的都很明确——她是去给城里人做保姆。一个月前母亲回来了,表示再也不会离家打工。爷爷对母亲的选择颇感欣慰。爷爷老了,捅不掉屋檐的蜂窝也养不动孙子了。所以今天早晨男孩央求着要和母亲一同上路,得到了爷爷的支持。被黄蜂蜇伤的老人可能觉得,即便母亲会一去不返,只要男孩也随着去了,他就不会再有"养不动"孙子的烦恼。母亲此行,到底要做什么?这个问题倏忽变得尖锐,变得令男孩坐卧不宁。但男孩可以确定,母亲不会是去玩。他认为那不可能。母亲吐了半个月,随时令人猝不及防地弓下腰吐天哇地。她这副样子,是不会有玩兴的。

男孩怀抱着那只可乐瓶,开始在心里杜撰一个答案。这个答案渐渐成形,后来他几乎要忍不住大声对身边的男人宣布:我们去省城找消灭黄蜂的办法!

车子启动后很快驶上了高速公路。世界在摇曳,笔直的路面泛着白灼的光。

男孩从没见过高速公路——尽管他的父亲常年在南方打工，据说就是在修着这样的路。这样的路太平坦、单调了，如今亲身体验，让男孩觉得车子像是悬浮在虚空的水面上那样不真实。连带着，男孩觉得父亲在远方所从事的劳务都像是一个谎言了。

母亲一直望向窗外。身边的男人好像睡着了。男孩夹在中间，感到无所适从。他焦灼地等待着某个时刻。那个时刻果然如期而至——母亲毫无先兆地剧烈发作起来，双手徒劳地推着车窗玻璃，像一只装在罐头瓶中盲目振翅的、狂乱的蛾子。然而车窗是密闭的，母亲无法打开。于是，她只能将自己的胃液喷射在自己的怀里。邻座的人厌恶地掩鼻，身边的男人也被惊醒。男孩只有把头埋得更深，默默地将怀里的可乐瓶塞给母亲。

母亲大口地灌着那救命的浆水。她在家里呕吐时躲躲闪闪，只在儿子面前吐得肆无忌惮。可男孩并没有觉得这是一件天大的事。此刻，他们像滑行在冰面上一样行驶在高速公路上，他们坐在一辆别有洞天的过分凉爽的汽车里，母亲的呕吐一下子显得这么不合时宜。男孩将头抵在前排的椅背上，无地自容，觉得冒犯了整个世界，同时也为母亲担忧起来。

"晕车了这是。"身边的男人咕哝着,站起来,向着车后的空座走去。

母亲平静下来。她胸襟上的黏液散发出浆水馊掉后的酸味儿。

抵达省城已经是午后了。烈日当空,弥天盈地,正是最嚣张的时刻。男孩的双脚站在了省城的地面上,却并无格外的欣喜。从凉爽的车厢里下来,男孩感觉不过是迎面被热浪劈头盖脸地猛揍了一通。脚底板依然像是要被融化掉,他无视眼前林立的高楼,从未有过的兴味索然。此刻,那个玩的念头已经被动摇,男孩也就没有了天经地义喜悦的理由。

母亲拽着男孩去了车站的卫生间。男孩以为母亲要解手,不想母亲却脱下了衣服,只穿着贴身的背心,就着卫生间里的笼头揉搓起衣襟上的秽物。那个油光锃亮的男人尾随着他们。他钻进了男厕,提着拉链出来后凑在水池边冲手。男人一边冲手,一边斜觑着母亲。

"陈庄出美女啊!"男人十拿九稳地说,得不到母亲的回应，他甩着湿淋淋的手走开。经过男孩身边时，男人向男孩挤挤眼睛，"我知道了，我想了一下才想通了，"男人得意地宣布，"那个娘们是怀孕了！"

男人的口气好像男孩跟他是一伙的，而男孩的母亲，不过是一个"陌生娘们"。男孩十分憎恶这个男人，意识到自己的这趟省城之行，已经完全被这个家伙不依不饶的盘问和自以为是的指认给毁掉了。男孩怔忪着，也像是看着一个陌生人一般地看着母亲的背影。母亲回头看了一眼，抬胳膊蹭蹭额头的汗，露出蓬勃的腋毛。她的脸色煞白，依然挂着乖张的笑。从这一刻起，男孩接受了母亲的面容可能将要永远这样笑下去的事实。

洗净的衣服被母亲拎在手里。母子俩重新走进赤日下。在车站的广场前，母亲将衣服抖开，像一面旗帜似的迎着太阳招展。男孩出现了幻觉，他觉得自己看到了这件湿衣服在赤日下有声有色地蒸腾着水汽，水汽四散奔逃，只一瞬间就融化在空气里。而怀抱一只可乐瓶的男孩，也只在一瞬间，就随之被炙烤得焉头耷脑。男孩想这下好了，母亲不会再呕吐了，她身体里的水分肯定也被晒干了。如果母亲还要吐，吐出来的怕只会是她的胃了。

穿回衣服的母亲貌似振作了一些。男孩饿了,却一点儿也没有食欲。出门前他因为兴奋而毫无食欲,现在他因为兴奋的烟消云散而毫无食欲。

往常的这个时刻,男孩会午睡,这已经成了一个不由分说的习惯。每天的此刻,男孩奔涌的热情都会被奔涌的倦意所覆盖。但是现在,他毫无困意。他只是被一种深深的、疲劳的厌恶所笼罩。男孩觉得自己身上隐秘的渴望,一切积极的、贪婪的情绪,都像那件衣服上的水汽一样,冒着烟,被蒸腾进了省城的酷热中。

"你要喝水吗?"母亲问儿子。

男孩并不看母亲,因为他不想看母亲脸上的笑。他认为此刻母亲应该问他要不要午睡。母亲就像一个陌生娘们,不再是男孩所熟悉的那个母亲。她不需要儿子的回答,自顾在冷饮摊买了瓶饮料。饮料是冰冻的,喝下一口后,男孩觉得自己缓过了一口气来。

"你要喝浆水吗?"男孩问母亲。

那只大可乐瓶里的浆水已经所剩无几。母亲摇摇头,让儿子把它扔掉。不知出于怎样的动机,男孩却执拗地坚持把它拎在手里。

母子俩乘上了一辆公交车。车上的人不少，但母亲身上的酸味使他们免受拥挤之苦。乘客自觉地错开母子俩，像避开两罐气味浓郁的浆水。乘车现在对于男孩是件费神的事。他觉得他们今天可能就要这样永无止境地换乘一辆又一辆的汽车，直到日落西山，直到黑夜来临。这个想法令男孩疲惫不堪。

好在这趟车坐得短暂，母子俩在一条小街下了车。下车后母亲走在男孩的前面，街边的树荫剪碎了母亲摇摇晃晃的背影。看得出，母亲满腹心事。

"妈，我们要去哪里？"男孩在身后向母亲发问。

他难免要为自己未知的前途而忐忑。出门的时候，这并不是一个问题，因为男孩知道，他们要去省城。而现在，母子俩已经走在省城的一条小街上，于是男孩迫切地想知道，下一步，他们将去向何方。此刻，玩，已经确凿不在他的盼望里了，仿佛他此行的目的，只是为了搞清楚自己要去往哪里。母亲并不回答儿子。即使浓荫匝地，街道也像是被无形地粘在一起。男孩觉得自己眼前的一切都离地半尺，悬浮着，被热浪暗自托举了起来。

一个赤裸着上身的男人骑着摩托车从他们身边轰然驶

过,下坠的肥肉像水囊一样甩着。这一幕突然让男孩气愤不已。

"你怀孕了吗?"男孩向着远去的摩托车手喊叫。

母亲买给他的那瓶饮料已经喝完,男孩将空瓶狠狠地投掷出去。瓶子画出轻飘飘的抛物线,似乎在空中遇到了超乎寻常的阻力,它几乎像是要恒定地悬浮在空气中了。世界折叠了起来,就像一块巨大的水面陡立而起。

母亲停下步子,回过头苦恼地看着儿子。可是男孩不想看母亲的苦恼挤在一张笑脸里。他埋头从母亲身边走过去,手中甩动的可乐瓶撞在母亲的大腿上。

母亲碎步赶上,"好吧,"她好像下了一个决心,"我告诉你,我们要去丁先生家。"

丁先生男孩知道,那是母亲在省城做保姆时的东家。

"去丁先生家做什么?"男孩问。

"大人的事,你不要问这么多。"不出所料,母亲就是这样回答的。但母亲回答得并不是那么不由分说,她用商量的口气跟儿子说:"你会替妈保密的,是不是?"

"可是我都不知道你有什么秘密,我怎么为你保密?"

"你不要再问了!总之回去后什么都不要讲出去!"母亲焦躁地将儿子甩在了身后。

男孩尾随着母亲,渐渐在心情上假装不是前面这个女人的儿子,而是一个不相干的别的什么人。这种假想出的疏离感,让他觉得有趣了些。

小街的一侧出现了大块的草坪,路边的围墙变成了爬满藤蔓的铁栅栏。母亲始终不再回头,带着儿子来到了一座小区前。小区有喷泉的大门口站着一个穿制服的保安,里面的车子出来时,此人很有威仪地用手里捏着的按钮升起挡在车道上的栏杆。他看到了母亲,正正衣冠,在阳光下堆起一脸碎银般的笑。

"回来啦?我就说你还得回来!城里的饭吃惯了,就没有人还吃得进乡下的饭了!"保安嘴里说着,不忘举手向驶过的车子敬礼。

"我一会儿就走,我不会回来了。"母亲急切地纠正道,"我不会再回来了!"

"干吗非要走?丁先生人很不错的,丁太太也知书达理的样子,他们没有亏待你吧?"

母亲不再作答,径自走了进去。男孩很怕会被拦下来，小跑着凑近了母亲，重新回到了一个儿子的角色里。

母子俩在一栋楼下按响了门铃。

一个声音凭空而来:"谁?"

男孩觉得自己的兴致被轻微地唤醒了。

丁先生家的门前摆着门垫和几双拖鞋,母亲指示男孩换下了脚上的鞋子。

开门的是一个中年女人,系着条围裙,不太友善地盯着母亲瞧个不停。

房子很大。里面的一切几乎和男孩在电视上看到的一模一样。水晶吊灯,地毯,通向跃层的木楼梯。一个肥胖男人坐在客厅的沙发里,戴着眼镜,背心下腴起的肚子让他像是怀抱着一只篮球。男孩想,他一定就是丁先生了。

母亲不期然呕吐起来。但这一次她有所防备,左手飞快地捂住了嘴巴。她的确没什么可吐的了,只是肩膀觳觫着干哕。男孩想,也许母亲真的吐出了自己的胃,如果她的手挪开,她的胃没准就会跌在脚下那块厚墩墩的地毯上。男孩再次将手里的可乐瓶塞给母亲。母亲抓住了,很理智地没有去就着瓶子喝——那里面所剩无几的内容,只会让任何一个举着它去喝的人显得滑稽。她紧紧地捏着瓶子,把瓶子捏得七扭八歪。男孩不安地看着母亲,很想贴在母亲的身上。他觉得内心慌张,也需要一个像可乐瓶一样的什么东西能够被抓在手里,成为自己的一个依赖。

丁先生胳膊拄在膝盖上,支颐着脑袋,神色略微有些好奇,爱莫能助地看着这对母子抖作一团。当母亲终于平复下来时,男孩才发现,一个精瘦的女人无声地站在楼梯上望着他们。

"看来是真的了。"女人发出一声叹息。

母亲的惊慌显而易见,她看看丁先生,再看看这位女主人,脸上不恰当地板结着笑意。男孩知道,这并不是母亲的表情,母亲只是变成了一个笑面人。更加可耻的是,当母亲放下捂住嘴巴的手时,她的嘴角粘着一枚腐烂的芹菜叶。

"你不要吃惊,"女人皱着眉说,"你知道,老丁什么都不会瞒我的。"

母亲像个笑脸傻瓜,两只无处着落的手一同抓在可乐瓶上,好像扶在了一根想象中的扶手上。

"我就知道没这么好打发,看到了吧,"女人对着自己的丈夫说,"这就找上门来了。"

丁先生讪笑着,揪揪自己的耳垂。他圆滚滚的,让人颇有好感。

"究竟唱的是哪一出呢?"女人站在楼梯上,居高临下地看着母子俩。

"我在电话里都跟丁先生讲了,我也没想到……"母亲的声音低得几乎听不清。男孩可以作证,早晨出门时,母亲的确在村里的小卖部打过一个电话,那时母亲捂着听筒,满脸愁云。

"你也没想到?"女人吁口气,"你没有做过措施吗?"

"有的。可是,医生说也会有意外。"

"你看过医生了吗?"

"嗯。"母亲畏葸地点头。

"村里的医生?"

"嗯。"

女人再次吁了口气,拍一下楼梯的扶手:"上来说吧。"

母亲将手中的可乐瓶塞还给儿子,顺从地走向了楼梯。男孩有些迟疑,很想跟在母亲身后,但那个女人凌厉的目光让他却步。她们消失在楼梯上。男孩不知所措地站在原地。他觉得有点冷。这栋房子的温度比他们来时乘坐的空调客车还要低。

"过来。"置身事外的丁先生坐在沙发里,向男孩招着肥胖的手,"过来过来。"

男孩慢腾腾地走到他眼前。他真的很庞大。有一瞬间,男孩不禁猜测这就是那个刚刚在街上裸身与他们擦肩而过的摩托车手。男孩想丁先生要是行动起来,身上的赘肉势必也会像水囊般的甩动吧。

丁先生嘭嘭地拍着沙发:"坐下来坐下来。"

男孩坐在了他的身边。

"多大了?"丁先生在男孩头顶摩挲了一下。

男孩报出了自己的年纪。其实他并不想回答。

"喔,这么大了。"丁先生搓着双手,若有所思了一阵,像电视里的人说着那种抑扬顿挫的普通话:"你想不想要个小弟弟?"

男孩惊讶地抬头看他,态度僵窘地用力摇了摇头。从男孩坐着的角度看去,丁先生一侧脸颊的肤色发暗,像是遭人殴打后留下的瘀痕。

"你可能会有一个,"丁先生看了眼楼梯,压低声音神秘而严肃地说,"不过很快应该就又没啦。"说完他摆出正襟危坐的样子,像是终于说出了内心抑制不住的秘密后立刻开始心有余悸地矫正自己。

"我听不懂。"男孩如实说。

"听不懂?"丁先生颇为苦恼地挠挠头皮,"嗯,其实我也不大搞得懂。"

"我听不懂。"男孩坚持这么回答。他认为这是自己目前唯一能说的最保险的话。

"你能帮我个忙吗?"丁先生权衡了一阵,犹犹豫豫地说。

男孩默不作声。

"嗯,你替我跟你妈妈说声对不起,给她道个歉。"丁先生的双手插在两腿间,身子前后摇晃,眼睛望向天花板,估量着眼下的形势,"怎么样,可以吗?"

"我听不懂。"

"好吧,算了。"丁先生不得要领地胡乱笑起来。他这么通情达理,好像他完全理解男孩的处境,好像他也在经历着同样的困扰。"你想喝点儿什么?"他问。

男孩像是被什么力量控制住了，只会用力地摇头。

"喝杯咖啡吧！"丁先生拍了下巴掌，"加点儿糖吧！"

系着围裙的女人应声端来了他要的东西。男孩想，这个女人所做的一切，以前就是母亲做着的吧，如今这个女人顶替了他的母亲。

那杯咖啡冒着热气，泛着油亮的泡沫。

"喝吧，"丁先生心不在焉地招呼男孩，"喝吧喝吧。"

男孩将手中的可乐瓶放在地上。不用再和丁先生说话，这让他如释重负。咖啡男孩见过，在电视里。电视里的人们常说：喝杯咖啡吧；有时候，他们也会加一句：加点儿糖吧。当男孩捧起眼前这杯咖啡的时候，倏忽认为自己今天坐了五个多小时的汽车，就是为了在午睡时刻来到这杯咖啡的面前。它就是一条路的终点，就是他们在盛夏里动身前往省城的一个目标。如今，男孩把它捧到了鼻尖。他扭脸去看丁先生。丁先生也在看他，肥厚的嘴唇湿漉漉地耷拉着，冲他浮出心事重重的笑。

客厅里只有空调发出的换气声。男孩觉得在这杯咖啡的周围,有一种独特而私密的氛围正在生成。咖啡很烫,他只能噘起嘴,小心翼翼地去试着接触那新鲜的滋味。

——这时候母亲下楼来了。

母亲的手里捏着一只牛皮纸的信封袋,神情恍惚,像个刚刚午睡醒来的人。她似乎完全忘记了儿子的存在,径直走向门口。男孩只有仓皇地放下手里的咖啡杯,并且没有忘记拿起自己的可乐瓶。他匆匆跑向母亲。尾随着母亲出门的片刻,男孩回头瞥见丁先生拄着一根不知从哪儿摸来的金属拐杖吃力地站了起来。

是的,男孩并没有尝到咖啡的滋味。他的上嘴皮,第一次和咖啡接触,不过是刚刚沾到了一丝泡沫。这似是而非的一丝泡沫粘在男孩的嘴皮上,当母子俩走出楼洞,溽热的空气迅速将之驱散殆尽。男孩无法甘心,谨慎地伸出舌尖,仔细探寻留存在意识里的那种感觉。他的嘴唇起皮了,在烈日下像一片片细碎的鱼鳞。可是他觉得自己的嘴唇非同往昔,总有依稀的滋味回味不尽。男孩无法形容它,只能凭感觉在心里以一种进入午睡前的昏聩状态臆造它莫须有的醇香。他以自己有限的经验将之想象为油脂与蜜的混合物。

母亲神不守舍。她整个人都是坚硬的,也像是被烈日钢化了一样,有股一意孤行的味儿。一辆小车在身后不停地按着喇叭。但母亲充耳不闻,也像一辆车子般的当仁不让。那位保安正靠在小区门前一根有涡旋形花纹的柱子上,他升起栏杆,目送母子俩从行车道走出去,庄重地向他们敬了个礼。

尽管男孩不认路,但还是发现他们并没有走来时的方向。母亲走在前面,男孩不知道将被引向何方。他有种被劫掠和捶打的感觉,就像被扔进了盛着沸水的洗衣机里搅拌。他感到被热得浑身发痛。男孩看到母亲后背的汗水已经洇湿了衣服。她也在经受着劫掠和捶打,想必也被热得浑身发痛。

"妈,我们要去哪里?"得不到母亲的回应,男孩无聊地独自嘀咕,"他让我跟你道歉,他说对不起。"

一路上母亲又干呕了几次,每次男孩都把那只可乐瓶塞给母亲。这只是一个安慰性的动作,并没有实质性的意义了。烈日晒透了塑料瓶,原本还剩下的一点浆水化为了乌有,几片芹菜叶贴在瓶壁上,已经变成了黑色。男孩觉得手中的这个瓶子渐渐在膨胀,在变成一只气球,如果他撒手,它就会飘向空中。

母子俩走进了一条狭窄的小巷。小巷的路面上污水横流。在一家小诊所门前,母亲让男孩等在外面。她从那只信封袋里摸出了一张百元钞票,塞给儿子,让儿子不要乱跑,但可以就近找地方吃点东西,吃完后回到原地等她。

男孩何曾得到过这么多的钱呢?这让他不免有些激动。对于那只信封袋,他也充满了疑惑,此前他一度猜测,那只信封袋里,没准是装着一份如何剿灭黄蜂的方子。他还没有回过神,母亲已经走进了诊所。小巷里挤满了摊贩。卖菜的,卖肉的,诊所正对着的,是一家卖活禽的。鸡被塞在铁笼子里,遍地褪下的鸡毛和腐臭的下水。男孩走开一截,在一家五金店前的台阶上坐下。此刻,他破天荒地拥有着一张百元大钞,但却丝毫没有挥霍的欲望。这张钞票之于男孩,就像喝空了浆水的可乐瓶之于母亲,徒具象征性的意义。

男孩感到累了,抱着可乐瓶尽量坐在路边的阴影里。他和这只瓶子之间浮动着一种特殊的感情。身后的五金店飘出金属特有的甜丝丝的气味。他想着这已经过去和即将过去的一天，认为如果还有下一次，自己再也不会来省城了。这里和他想象中的完全不同，比他们村里热一万倍，这条巷子里的气味，比他爷爷施过肥的菜地还要复杂一万倍。在不可一世的骄阳之下，省城真的算不了什么了。

不远处的鸡下水招惹了很多苍蝇，四下飞舞，拖曳着绿色、蓝色乃至金色的弧线，像电焊时迸溅的花火。它们让男孩想到了自家屋檐下那群不祥的黄蜂。总有几只苍蝇在男孩的头顶挥之不去。赶了几下后，男孩再也懒得挥动手臂，任由它们飞矢般打在脸上。男孩很饿，也很渴。但他不知在跟什么较劲，心里恹恹的，同时还有一些没来由的伤心，执意不用手中的那一百元钱去解决自己的饥渴。男孩让饥渴都塞在自己的身体里，似乎那样他才能保持住必要的分量，不至于如一滴水珠般被这座城市轻易地挥发掉。

来自乡间的男孩就这样席地坐在省城的一条小巷里昏昏欲睡。

起初他还不时留意张望一下那家小诊所。其间有个穿着白大褂的护士拎着一只塑料桶出来，将一桶血呼呼的垃圾倾倒在路对面的那堆鸡下水里。苍蝇四起，像凭空绽放了一朵流光溢彩的金属花。后来男孩把头埋在两个膝盖之间睡着了。醒来的时候，烈日依旧耀眼。男孩喉咙干涩，下意识吞咽了一口唾沫，只觉得一阵刺痛。他闭起眼睛，伸出舌尖轻舔嘴皮。嘴皮上那个模棱两可的局部，残存着某种不可捉摸的魔力，它让男孩口舌生津，获得了一种莫可名状的快感。男孩用舌头抵着嘴唇，仿佛整个身体的重量都找到了一个可资依靠的支点。

这是盛夏中的一个礼拜二。男孩在这一天经历了他此生最为漫长的一次午睡。

母亲在黄昏时摇醒了儿子。当空的太阳终于下落，高温却俨然一台滚烫的马达，凭着惯性兀自继续空转。暮色四合，小巷蒙上了一层金灿灿的光芒。男孩张开眼睛，感到有些头晕和恶心。他睡眼惺忪，眼中的母亲变得有些陌生，可是究竟哪里发生了转变，一时却难以说清。母亲整个人光芒闪耀，披着金色的纱巾，宛如站在未来的世界里。

男孩站起来，一阵天旋地转。在他坐过的地方，留下了一块汗湿的烙印。他忘记了两腿间夹着的可乐瓶。可乐瓶被男孩在睡梦中夹成了"K"形。它掉在地上,骨碌着滚出去,滚的过程中瓶体复原成圆柱状,好像不断被充进了气流。但它并没有像男孩所担心的那样飘向空中。男孩想去把它追回来,却被母亲阻止住了。

"我们去吃饭吧,你一定饿了。"母亲的声音虚弱不堪。

母亲终于想起来儿子会饿了。说起来,男孩内心的失落也是有道理的。从早上到现在,他不过喝了一瓶饮料。当然,他还午睡了一觉。男孩忘记了母亲曾经阔绰地给过他一张百元钞票,他只是感到莫名的委屈。今天他并没有比在村里时更糟蹋自己,没有翻墙爬树,没有就地打滚,可是现在他觉得自己从没有过的邋遢。他想自己是被热坏了,是被热脏了,是被热病了。他甚至希望母亲继续忽视他的饥饱,乃至无视他的存在也好,好像现在母亲对他冷酷一些,反而会给他起到降温的效果。

男孩磨磨蹭蹭地跟在母亲身后,震惊地发现母亲的屁股上洇湿了很大一块。男孩猜想,难道她在诊所里尿裤子了吗?母亲走得缓慢而笨拙,是一种古怪的步态——两腿叉开着,脚步蹒跚。

金黄的天边浮着一轮银白的蛾眉月，薄薄的，几近透明，轮廓给人随时会淡化下去直至无存的脆弱感。男孩不经意间抬头看到了这日月并存的天象，心里只觉得一阵空茫。

母子俩走进了路边的一家小饭馆。母亲双手撑在餐桌上，慢慢地偎进椅子里。这时候，男孩才如梦方醒，原来发生了转变的，是母亲的那张脸。母亲那张面具一样罩着的笑脸不见了。母亲从诊所出来，就像是被剥去了身上一层隐形的壳。这让她整个人仿佛都缩小了一圈。同时，她也不再显得僵硬和呆板。她重新变得柔软，像一段弱不禁风的柳枝。

母子俩对坐在一张圆形的餐桌前。母亲用一种儿子从未见过的目光动情地看着儿子。而男孩，也突然身不由己地感到了伤心。饭馆实在不算高级，不比他们村口的那家强多少。母亲的两条胳膊放在油污的桌面上，一只手捏着那只牛皮纸的信封袋，一只手将儿子的手捂在自己的掌心下。母亲的嘴角掀动着，她有些不能自持地想说点儿什么，但是她有些不能自持地什么也没说。母亲生命的律动从掌心震颤着传递给男孩，一切都让人感到绝望，但似乎又有希望暗自生长,就仿佛那只信封袋中,真的如男孩所想象的那样,装着一个一劳永逸的对策。

男孩干燥的舌头猛然变厚,抽动着,感觉像是要缩进喉咙里。在他身体的深处有一种相反的、无法控制的气流一个劲儿地向上拱。他预感到有什么事即将发生。

母亲将桌上那张封着塑料皮的菜单推向儿子:"你给咱们点吧,点最好的,点你最爱吃的。"

男孩想给母亲一些安慰,他想让母亲高兴起来,想给出一个与这一天相匹配的建议。他忍住不适,故作轻松地用普通话郑重其事地说:"喝杯咖啡吧,加点儿糖吧。"

说完男孩势不可挡地呕吐起来。隔着小饭馆的窗玻璃,男孩看到一只可乐瓶飘浮在空中。天光是琥珀色的,宛如流淌着油脂与蜜。此刻还有什么在空中飘?下落的夕阳,上升的弦月,鸡毛,下水,熠熠生辉的苍蝇,一个血糊糊的弟弟,以及宿命一般掩杀而来的黄蜂。而这一切,多么像是午后的一场冗长的梦境。

原来呕吐是这么令人忍无可忍。

把我们挂在单杠上

司马教授把自己挂在单杠上。他用两个膝弯夹着横杆，身体倒垂着，晃晃悠悠，远看起来，好像晾在风里的一块床单什么的。这个姿势并不是他要追求的效果，他说，他力图达到的水准是——要像一只马扎似的把自己折叠起来。大家跟着他联想马扎的样子，有人恰好屁股下面就坐着马扎，于是拿出来示范，啪的一声，拦腰合住。人们惊呼：

"是这样子的啊！"

不错，正是这样子——拦腰折叠，这就是司马教授正在孜孜以求的境界，他幻想着以自己的腰部为基点，咔嚓一下，将整个身体悬挂在单杠上面。这"咔嚓一下"，也是出自大家的联想，人们似乎都听到了有这么一声，要响亮地从司马教授的腰际发出。

单杠其实很低，是生活区里安装的那种玩具似的健身器械，并不具备正规单杠的高度，所以老弱病残都有条件在上面腾挪一番。平时大家在上面施展，最好的动作无外如此：两臂用力，把自己支撑起来，厉害一些的，能多坚持一会儿。大多时候，是一些小孩手握横杆，然后双腿蜷曲，两脚离地，很无赖地吊在上面晃荡。两相比较，司马教授目前完成的姿势已经属于高难度动作了，可他居然并不满足。

这天黄昏，司马教授倒挂在单杠上，满头巍峨的银发离开头皮，像一顶冠冕堂皇的皇冠，直冲冲地指向大地，由于拉力的作用，本来就很干瘪的肚皮现在完全凹了进去，上身的衣服堆到胸口，于是让胸部显得很臃肿，很发达，好像女人的体形，又好像蕴藏着结实的胸大肌，如一个大力士一样。对于司马教授的别出心裁，人们普遍不看好。大家围在单杠边，规劝司马教授：

"下来吧下来吧，这么大年纪了，有个闪失可怎么得了？"

司马教授挂的时间不短了，血都涌在头上，脸红通通的。他看大家的眼神也不对，向下翻着白眼。如果把他的身子翻转过来，白眼当然就是向上翻的，但不管向上还是向下，既然是白眼，就都有股目中无人的轻蔑在里面。

然而大家能够原谅司马教授，认为他此刻的白眼和态度毫无关系，完全是地心引力使然。目睹一位年近七旬的老人在单杠上一意孤行，人们都变得很客观了，变得很有科学精神。

司马教授翻着白眼在围观者里睃寻，睃来睃去，好像上帝在严格地遴选他的子民。大家碰到他的目光，都有些害羞，并且不由自主地严肃一下。司马教授的白眼后来落在了林教授的脸上。林教授是数学系退下来的，但身体像个在职的体育系教授一样健壮有力。所以他被遴选出来了，司马教授对他说：

"老林老林，你过来帮我一把。"

人们挤在单杠周围，本来有一道无形的圈，尽管兴致勃勃，但大家都自发地停在那道圈外，和倒置的司马教授保持三步以上的距离。这三步以上的距离被许多复杂的情绪填充着，有惊讶，有兴奋，还有种莫可名状的恭顺在里面，雷池一样的，似乎谁迈了进去，谁就妨碍了伟大的事物。林教授得到了召唤，谨小慎微地走进了那道圈里，现在，他和司马教授只有一步之遥。

司马教授说："老林你过来扶我一把。"

林教授蹲下去,头和他的头一正一反地对上,好像一组双引号。

林教授说:"司马你是要下来吧?"

司马教授说:"我不要下来,我是让你过来托一下我,好让我的腰担在杠头上。"

林教授说:"把腰担在杠头上?你这个老东西耍什么把戏?"

司马教授腰一挺,两只手捉住横杆了,这样一来,他的上身就像只虾米一样地躬着。考虑到司马教授的年纪,这个姿势就可谓矫健了。他说:

"老林你给我点支烟抽抽。"

林教授摸出自己的烟,嘴角一边一支,同时点着了,很周到地塞一支在司马教授嘴里。司马教授腾不出双手,只好吧嗒着嘴控制抽烟的频率,烟雾把他的眼睛熏得够呛。他嘴上叼着烟,眼睛一只开一只阖,好像中风那样,半边脸抽搐着。把身体像只马扎似的折叠在单杠上的这个愿望,司马教授就是用这副表情向大家宣布的。

那个时候我正放学归来。时值阳春,空气暖酥酥的,让人很舒畅,我这个小学五年级的男生胸中洋溢着一股诗意，当时我在心里吟哦着的，是这样一首诗：

> 草长莺飞二月天，
> 拂堤杨柳醉春烟。
> 儿童散学归来早，
> 忙趁东风放纸鸢。

不是吗？很贴切的。唯一和事实有出入的是，散学归来的我，没有条件去"忙趁东风放纸鸢"。一般情况下，散学归来后我首先要回家报到，然后赶在晚饭前把作业搞完，晚饭后呢？就要去学习古典诗歌了。当我还是个学龄前儿童的时候，我的母亲就把我送到了司马教授面前，对他说：

"司马先生，我儿子的古典诗歌就交给您啦。"

我母亲是这所师范大学的物理讲师，但她认为，对于一个儿童来讲，古典诗歌比物理定律更具备滋养心灵的功效。所以她就把我交给了司马教授。司马教授已经退休多年，但名头依然是响当当的，他一生主攻楚辞，尤其是对宋玉的研究，堪称学界翘楚，于是我的古典诗歌启蒙就是以此为发端的——悲哉秋之为气也！萧瑟兮草木摇落而变衰。学龄前儿童，算得上是"自幼"了吧？那么，我就是自幼在司马教授那里受到了古典诗歌的熏陶。因此，我觉得我对古典诗歌还是有一些心得体会的。被司马教授带了几年，我发现，我们的古典诗歌在总体上，是很忧伤的，见春悲春，遇秋伤秋，好像一年到头都没有个让人高兴的时候，即使"一枝红杏出墙来"这样的句子，也让人心里酸酸地提不起精神。我这个小学五年级的男生，灌着一肚子这样的古典诗歌，整个人都有些心事悄悄的模样。这让我和同龄的孩子们形成了差别，他们红光满面，我小脸惨白，人说"腹有诗书气自华"，我想我惨白的小脸，就是一种"腹有诗书"的标志性容颜。所以我渐渐地有些自命不凡，习惯于独来独往。

那天黄昏，我散学归来时，身边还跟着个小孩。这个小孩是司马教授的孙子，名字就叫司马小孩。我们是同班同学，又毗邻而居，按理说应当是要好的朋友，但事实恰恰相反，我和这个司马小孩很合不来。我被母亲送到司马教授面前接受古典诗歌的熏陶，论条件，当然没有司马小孩得天独厚，但这个司马小孩根本不把他爷爷的那一套放在眼里，从小都是我在他家摇头晃脑地背，他在一旁变着法地干扰人，我因此非常讨厌他，他爷爷呢，也因此讨厌他，用我做蓝本，时常比照着把他教训一通。这样司马小孩就有理由仇恨我了，他认为我剥夺了他这个"真孙子"的一些权益，在学校里总骂我——装孙子！我们这两个孙子一般是不来往的，即使在他家里，也像两个陌生人一样，散学归来的路上，更是各行其道，谁也不搭理谁。可是这天散学的时候，他却凑在我眼前说：

"许浩波要揍你。"

许浩波是谁？这个人我是知道的，他是我们那所小学的一个霸王，屁大一点的孩子，就会蹲在校门口抽烟了。对于这种人，我是很不屑的，有一次对一个同学说过"少壮不努力，老大徒伤悲"的话。这话的确是针对许浩波说的，我也有些卖弄，不想却传到他耳朵里了。所以他要揍我。对于这个消息，我并不怎么感到害怕，我一肚子的古典诗歌，这点儿笃定还是有的，我想揍就揍呗，干什么先要让司马小孩传话呢？这明摆着就是虚张声势。司马小孩没有等来我胆战心惊的模样，很不甘心，一路尾随着我，喋喋不休地恫吓我说：

"许浩波要揍你许浩波要揍你许浩波要揍你。"

后来我被他说烦了，心里开始默诵起来，从"梦里不知身是客"一直背到"飞扬跋扈为谁雄"。这很管用，古典诗歌在我的心中萦绕，就好像让我做到了心中有数，根本对他的恫吓嗤之以鼻了。当我背到"草长莺飞二月天"时，已经走到了生活区里，眼看要和司马小孩分道扬镳。但是我们看到了单杠前聚拢的那群人。

司马小孩率先挤了进去。我本打算走开，但听到了人们嘴里在说司马教授，于是也跟着挤进去了。这时候林教授已经开始帮司马教授的忙了，他扎了个马步，双手托在司马教授的腰上，正用力向上举。人们都在心里跟着默默使劲，有一种众志成城的气氛。司马教授自己也很努力，身子配合得很好，所以林教授很稳地把他托起来了。现在，司马教授是这么一副姿势：本来勾着的腿伸直了，担在横杠上，挺挺的，腰部被林教授托举着，也挺挺的，他的双手并在大腿上，整个人悬浮在半空中，有些僵硬，好像魔术节目里凌空的配角，正等着魔术师用一个圈从身体上套过去。他说：

"向前向前,老林你把我的腰送到杠头上。"

让林教授把他的身子平移过去却是件比较困难的事,林教授使了把力,像给炮筒上炮弹一样,也才是把他的屁股送到了目的地,虽然腰和屁股近在咫尺,但林教授却力不从心了,毕竟,林教授也是快七十岁的人了。林教授说:

"不行咯不行咯,你个老东西骨头里面灌着铅,是个压秤杆的秤砣。"

突然一个声音大叫道:"爷爷我来帮你!"

司马小孩一个箭步冲了上去,抱住了自己爷爷的腿,二话不说就向前猛地一拽。司马教授的身子向前一滑,腰就落在杠头上了。

"哇呀——"

司马教授尖叫一声。

幸好林教授并没撒手,依然托举着他身子的重心,即便如此,腰间一旦受上力,还是让司马教授倒吸了一口凉气。人们忽然意识到了这里面的危险性,可谓恍然大悟,有几个身手敏捷的呼啦一下拥过去,七手八脚地把司马教授的身子撑住,于是,司马教授平躺在了人们用胳膊交叉

起来的担架上。大家齐心协力,司马教授发现人们试图要将他抬下单杠,立刻叫起来:

"不要放我下去!你们慢慢松手,我的身子就会像马扎一样叠起来。"

有人说:"司马先生,人怎么能像个马扎一样呢?这太难了,只有杂技演员能做到吧。杂技演员也不一定做得到啊!"

又有人说:"只有柔术师才能把自己折成个马扎——可是,司马先生你不是个柔术师呀。"

司马教授躺在空中对这两个人说:"我当然不是杂技演员,更不是柔术师,这个还用你们说吗?"

接着,司马教授挥着拳头向大家发誓:

"可是,就在这根杠头上,今天早上我千真万确地把自己像个马扎一样地叠起来过!"

人们嗡的一声,声音虽然不大,但有些哄堂大笑的效果。

司马教授说:"你们可以不信,那时候天还没亮,鬼影子都没有一个,你们都在睡大觉,当然看不到那一幕。"

司马教授的脸上浮出一丝陶醉的微笑,他横在空中,

又毫不费力,当然应该有些这样飘飘然的表情。他一再要求大家:

"试一试,你们试一试,实践是检验真理的唯一标准。"

在他的指挥下,人们小心翼翼地实践起来。先是从司马小孩开始,司马小孩叫道:

"爷爷我撒手啦!"

然后,司马教授的脚就被自己的孙子丢开了。接着是头,被人抽去了支撑。那个托头的人松手后,还是很负责任地将手保持着先前的动作,只是略微向下沉了沉,半蹲着,像个守门员,随时要进行扑救一样。在他的示范之下,大家都采取了同样的态度,从头到脚,如履薄冰地交替着卸掉力气,渐渐把司马教授交付给那根横在当中的铁杠。起初很顺利,司马教授的身子很松弛,每失去一点依托,就软绵绵地向下垂一些,整个身子居然真的有种柔若无骨的趋势,那个马扎般的前景似乎真的就要兑现在人们眼前。但是,这种趋势很快就戛然而止了,膝盖,那是道绕不过去的坎,当司马教授的小腿完全耷拉下来后,良好的趋势就再也不向前迈进了,他的大腿硬邦邦地戳在半空中。上身的状况还不如下身,它在脖子那里就受到了阻击,司马教授只能把脑袋无力地向下垂挂着,尽管腰部那里微微拱向天空,但大家都看出来了,那是司马教授自己在向天使劲,并不是被杠头担弯了骨头。我也看到了,司马教授的腰已经离开了单杠,他是借助着大家的托力在搞鲤鱼打挺那样的动作。这样一来,司马教授的动作其实就和单杠没什么关系了。人们的手均匀地分担着他的重量,因此他没有吃到脊椎对杠头那种针尖对麦芒般的苦头。纵然如此,当身下的手越来越少时,司马教授还是禁不住呻吟开了:

"啊哟,啊哟哟哟——"

最后那几双手的主人意识到不妙了,很显然,随着自己前面的人撒手之后,他们的负荷会越来越重,这还是其次,严峻的是,随着负荷加重的,就是责任了。这几个人都感到自己是捧了个烫手的山芋。位置比较靠前的,干脆迅速抽身,像跑接力赛一样,把棒交给下一个选手。支撑力撤得太快,司马教授就吃不消了,骨头都发出"嘎嘎"的声音。站在最中间的,是林教授,他处在最不利的位置,可谓风口浪尖,也可谓中流砥柱。林教授大吼一声:

"停！"

这一声喊住了最后的三双手。连林教授在内的那三个人，像捧着一具烈士的遗体般捧着司马教授。司马教授还幻想着垂死挣扎，他说：

"啊哟哟哟——你们听我命令，缓一缓缓一缓，然后再继续！"

林教授恢复了一个数学教授应有的理性，他说：

"司马，你这么拿我们开心，简直是荒谬啊！"

司马教授分辩说："老林我是怎样的人你不清楚吗？我怎么会拿你们开心呀！"

这句话好像有些说服力，起码我可以证明，司马教授不是个会拿人开心的人，我是他老人家的关门弟子，他的严谨我是领会至深的，司马老人家品行端庄，素有古君子之风。

林教授很有逻辑地说："既然你早上一个人都能折马扎，现在这么多人托着你，你倒啊哟哟哟起来，你这不是拿我们开心是什么呢？"

司马教授无言以对，委屈地说：

"你不要问我，我比你更奇怪，怎么早上能做的事，还不到晚上就做不出来了？我就是不信，人连自己身体的主都做不了。"

林教授说："这有什么好奇怪，七老八十的人了，你还想做身体的主？"

司马教授说："不是这样子的，明明我早上做出过那个动作，否则我现在也不会这样不自量力。"

司马小孩绕到他爷爷头前，嬉皮笑脸地说：

"爷爷你是在梦里折马扎的吧？"

司马教授勃然大怒，脱口便是一句唐诗：

"朱颜今日虽欺我，白发他日不放君！"

司马小孩哪里听得懂这两句的意思，依然嬉皮笑脸的，他把自己爷爷的头搂在怀里，得意扬扬地说：

"爷爷你的脖子累啦，你乖，我托托你。"

司马教授的头摇得像拨浪鼓一样，他是在表达着自己沮丧的愤怒，他跟别人不好发作，就只好冲着司马小孩来了，谁让他是司马家的小孩呢？司马教授的身子被头连带着一起波动，捧着的那几双手猝不及防，一下子险象环生，几乎被他滚落下来。大家一片惊呼，那些蓄势待发的手呼啦一下全顶上去，重新将司马教授接在了胳膊交叉的担架里。这一回大家不给司马教授机会了,一二三,步调一致地将他从单杠上抬了下来。落地后的司马教授尴尬万分,像一个跌落人间、蒙尘了的老神仙,他站在人群里东张西顾,一副左右为难的样子,嘴里不断嘀咕,既像是自言自语,又像是对大家申辩:

"真是这样子的,我晨练的时候真的做出那个动作了,我自己都是吓了一跳的……"

我听到有个老太婆说:"司马先生你一定是搞错咯,你怕是用肚子担住杠头折马扎的,那样还是很好折的,我们大家都折得起。"

一个妇女接住话说:"话是这么讲,可是,难道司马先生连腰和肚子都分不清楚吗?"

林教授的语言比较精练:"是呀,一个是前仰,一个是后合,不同的。"

人们开始各抒己见,畅所欲言。不要说司马教授,连我都觉得这种没头没脑的议论很让人反感。挤在单杠前的都是些什么人呢?他们基本上是这所师范大学教职员工的家属,只有这些家属,最喜欢来健身器前锻炼身体了,林教授这样的人混在里面算是有辱斯文。我想这也是司马教授求助于林教授的一个理由，他大概觉得林教授和自己是同类，比较好张口。我的心里也有一些偏见，我肚子里的古典诗歌令我将这些家属们当作自己的"异类"。听这些"异类"夸夸其谈地谈论司马教授，我突然有些义愤填膺。司马教授一定和我有着相似的心情，但他不好动怒，这些人刚刚热情洋溢地把他抬上抬下的，他就没有翻脸的权利了。司马教授为难死了，他很想让大家相信他的话，但又只能用比较低的姿态来反复说明，说来说去，就把自己说出了忍辱负重和自取其辱的模样，但人们还是不能相信他，家属们自说自话，好像都比眼前这个楚辞权威要聪明得多。我看出来了，立在人群中的司马教授有些矛盾，他脸上的表情很明显，那就是，他拿不定主意是否要破釜沉舟地重新回到单杠上。我鼓起勇气对司马教授喊道：

"司马先生该回家吃饭啦！"

我的声音让我自己感到陌生，它混在家属们嘈杂的声音里，无端端就有股做贼心虚的味道，轻飘飘的，像一根稻草浮在水面上。但司马教授立刻抓住了这根稻草，他的目光一下子就找到了我，他充满惊喜地对我说：

"毛亮，你相信我的吧？"

我模棱两可地喔了一声。

司马教授显得有些害羞,他说:

"大家都不信我,你说我该怎么办?"

我说:"您不需要让大家信您啊,您自己信自己就好啦。"

我继续指出:"现在已经是吃饭的时候了,您应该先去吃饭,只有肚子吃饱了,您才有力气把自己折成马扎。"

我们就这样轻轻地交流着,声音湮没在家属们热烈的议论之中。虽然我有时候也会怀疑,这番交流是否真的在那个黄昏发生过。然而记忆总是以肯定的面目向我证实——是的,它很有可能发生过。证据是:司马教授在那个黄昏突然像被人说服了一样,分开人群,回家吃饭了。

我也回家吃饭了。我的心情有些沉重,可我说不出理由,我已经被古典诗歌陶冶出了某种气质,就是,时常会神出鬼没地感伤,所谓"感时花溅泪,恨别鸟惊心",完全是一些刁钻诡异的比附影射,根本不需要逻辑严密的因果。吃完饭,搞完作业,照例我要去司马教授家求教。往常出门,我会这样和母亲打招呼——我走啦!或者——我去司马先生家啦！但是这一天，我跟母亲打了个非同寻常的招呼，我对她说：

"我去学习古典诗歌啦！"

穿过夜色中的生活区时，我在那根单杠前逗留了片刻，我四下望一望，确定没人后，纵身跃上了杠头。我采用的是这样的姿势：双手反抓横杆，然后用力向后一蹴，身子翻转半周，天旋地转，两条腿就勾在上面了。我尝试了一下，发现要让腰部凑到杠头上，完全就是一件不可能的事情，是异想天开和痴人说梦。那时候已经是满天星斗了，我倒挂着，用腿弯勾住杠头晃荡了一阵，我认为从这个角度遥望夜晚的天空，还是很美的，因为它显得更空旷了。我只是不能确定自己的视角算是仰望还是俯视。

我按时敲响了司马教授的家门。司马教授的儿子、司马小孩的父亲，这个男人愁眉苦脸地将我迎了进去。然后我就看到了司马教授的怪模样。他横在那里，腿拖在地板上，头扎在沙发里，腰呢，狠狠地担在沙发藤质的扶手上。原来他把沙发的扶手当作单杠了。这个模样实在古怪，不专门摆，恐怕人一辈子也不会弄出这样的造型来，除非一些命案的现场，一些非正常死亡的尸体才有可能这

样架在沙发上。依然是毫无道理,我的心里又蹦出一句牛头不对马嘴的诗:

君看一叶舟,

出没风波里。

司马教授的儿子、司马小孩的父亲,这个一筹莫展的男人,把我当成救星了,他冲着自己的父亲说:

"你看你看,毛亮来学习了,你快些起来吧。"

从我的角度看,我看不到司马教授的头,只能看到他挺起的肚皮。我看到他的手从沙发里伸了出来,向我摆了一摆。司马小孩一直不怀好意地贴在我身后,此时用手捅了一下我的屁股,提醒我:

"他在叫你!"

我不安地走向前,有些战战兢兢。这样我就看到司马教授的头了,但他的头钻在沙发里,一片阴影把他的面目蒙住了,让我不能看得分明。司马教授埋在阴影里对我说:

"毛亮,以后你不要来了……"

司马教授沉吟了一下,继续说:

"古典诗歌没用的,如果人连自己的身体都做不了主,学什么都是可笑的。"

如今看,司马教授话里的意思是很明白的,但是当时我却没有听懂。当时我细着嗓子问:

"您说什么?"

司马小孩大声指点我:"笨蛋!他是说身体比诗歌厉害,他绝望啦!他要重新做人!"

我不相信这些话是司马小孩自己总结的,我想一定是我来之前司马教授这样表达过。司马教授的儿子、司马小孩的父亲,这个束手无策的男人,开始教训他的儿子。司马小孩很张狂,和他老子针锋相对地干。我失魂落魄地从他们家出来,心里有种被拒绝后的凄凉。他们家的门在我身后关住,我觉得被那扇门关闭了的,岂止是三个姓司马的人,我想从此一些浩渺的事物就和我切断了关联。当我走出楼洞,走到夜空下时,仰头望天,尽管有星无月,但我的心里还是蹦出了不咸不淡的一句:

"人散后,一勾新月天如水。"

我接受古典诗歌熏陶的日子就此终结,一切看起来比较荒谬，正本清源，我只能将此归咎于那根单杠。我胸中的文章失去了补给，这样一来，我惨白的小脸就完全只是惨白和小脸了，没有了华彩的理由。坏运气总是接二连三，当我彻底无精打采的时刻，许浩波杀到了我的眼前。他在春天的时候通过许多人向我传达过他要揍我一顿的宣言，这样沸沸扬扬地散布了半年的光景，我都听得麻木了，所以当他突然要兑现这个宣言时，我真的是惊慌失措。我去上学，正值午后，路面上升起袅袅的热浪，视野低处的景物都有些荡漾。许浩波就在此时拦住了我的去路，他的身后跟着一群看热闹的阿猫阿狗，里面当然有司马小孩的影子。我听到许浩波大喝一声：

"喂！你骂过我！"

我感到自己在发抖，我的笃定在半年前那个"一勾新月天如水"的夜晚开始随风而散，现在几乎已经荡然无存了。我避实就虚地说：

"你说什么？我听不懂。"

许浩波说："你骂过我！"

我作沉思状。

许浩波说："少壮不努力，老大徒伤悲。这个话，是你骂的吧?"

我弄出顿悟的样子,点点头。

我和他商量:"这个,不能算是骂吧?"

我承认,我是有些装疯卖傻,可是,此刻除了装疯卖傻,我还能怎么办呢?我眼前的这个霸王,不但比我高出一头,还比我宽出一截,他在盛夏里敞胸露怀,那模样,大马金刀的,我伤心地想自己今天在劫难逃了。果然如此,我们面面相觑了一会儿,许浩波被我搞烦了,他说:

"妈的不跟你啰唆!"

说完他就动手了。实际情况比我料想的更糟糕,这个霸王五大三粗,却一点也不笨拙,甚至称得上是灵动,他没有用我想象中的蛮力来攻击我,而是非常专业地使出各种花招,把我打得团团转。我先是被他背了起来,他一耸肩,我便飞了出去,但手腕还被他扣在掌心,他一拽,我就到了他的怀里,然后我的脚下一绊,不知道什么原理,又一头栽了下去。就是这样,我完全是身不由己,好像被一双翻云覆雨的手在肆意拨弄。我宁愿像个被动的拳击手那样遭人殴打,那样,还有一些惨烈的体面在里面,有种"虽死犹荣"的光彩,但是当下发生的一切,只能让人羞愤,他的这种打法完全是戏弄式的蹂躏,像耍猴一样让我出丑。围观的人又是喝彩又是鼓掌,真像是在看戏一样,他们都是我的同学,他们见证着我的耻辱时刻,我知道了,在他们眼里,我也是一个"异类"。我的确是被打蒙了,这个家伙真是神奇,能够把我像个风车似的转来转去。我被摔坏了,晕头转向的我,脑子里居然不合时宜地闪出这样的句子:

*粉身碎骨浑不怕,*

*要留清白在人间。*

不伦不类啊!而且还自欺欺人!今天我想起来头皮依然会一阵阵地发麻,我很为自己的滑稽而伤心。那个午后,我的对头充分展示了一具身体所能够达到的完美境界,他的身段行云流水一般流畅,电光火石一般洒脱,连挨打的我,都深深地体会出了一种美感。后来他打累了,我居然有些意犹未尽之感。他们跑散掉了,我呼哧呼哧地躺在热浪袭袭的路面上。那天下午我第一次逃课了,我整个人都乱七八糟、东倒西歪的,这副样子实在没脸再去学校了。我奄奄一息地沿街徘徊,有几个与我年纪相仿的小乞丐对我生出了警惕之心,他们恶狠狠地向我做鬼脸,打下流手势。我吓坏了,很怕再次遭到不测,只好寂寞地走向了城外。

当我灰头土脸地踅回家时,已经是后半夜了。我想不用说,我的父母一定急坏了,我为此有些恶毒的快意,我只是个小学五年级的男生,受了这么大的伤害,似乎只有父母也跟着我一道痛苦,才能安慰我那幼小的心。我走进黑夜中的生活区,然后就看到了那枚闪闪烁烁的烟头,它在黑暗中明明灭灭,分外惹眼。我被它吸引着来到了那根单杠前,于是,这样的一幕在夜色下浮现:有一样物体,貌似一床棉被,两头齐平地挂在单杠上。我把它首先想成棉被是有根据的——天气好的时候,学校里的家属们经常把自家的棉被搭在单杠上晾晒。但是显然,棉被不会叼着支烟。你一定也猜出来了,不错,这个两头齐平挂在单杠上的,正是司马教授。我的脑袋依然昏沉,但还是感到一阵激动,我想奇迹总是发生在黑暗中,他老人家终于把自己折成了一只马扎啊!我听到他问我:

"是毛亮吗?"

我答应了一声，贴近了认真地端详他，他有多么惬意啊，嘴上叼着烟，身体在夜风中不易觉察地轻轻摆动，他像一床棉被，但是比棉被更柔软，确切地说，他更像一把拉面——我母亲在家里拉面时，总是用一根筷子挑起拉好的面条，然后下到沸腾的水中。我刚刚经历了身体上严重的挫折，现在目睹这样一个出神入化的身躯，感到了无比的惊诧，向往之情油然而生。司马教授如愿以偿地悬挂在单杠上，在这个夜晚，他的喜悦溢于言表，尽管他曾经向我宣告过"古典诗歌没用的"，但是，此刻他还是得意地对着夜空吟诵出了如下的诗句：

> 六十余岁妄学诗，
> 功夫深处独心知。
> 夜来一笑寒灯下，
> 始是金丹换骨时。

那天夜里，受到他的感染，处在挨打后遗症中、脑子像一团糨糊一样的我，也不由得浮想联翩，许多毫不搭界的诗句纷至沓来——此曲只应天上有，人间哪得几回闻；

同来玩月人何在，风景依稀似去年；当年不肯嫁春风，无端却被西风误……其中最离谱的两句是：

**仗义半是屠狗辈，**

**负心都是读书人。**

然而我们的古典诗歌多么莫名其妙啊，似乎哪一句都能对应着此情此景。和古典诗歌同样莫名其妙的，还有我们的身体。今天我已经是一名出色的柔术师了，我能够随随便便地把自己的身体拧成一根大麻花，至于马扎什么的，简直是轻而易举，有时候我吃饭都是把头从胯下钻出来边玩边吃，当我在舞台上横斜逸出地表演时，观众们一定会觉得非常之莫名其妙。我的职业让我的母亲很失望，我连一个物理讲师都没弄到手，然而我心安理得，因为我的身体可以被我随心所欲地做主。如果要追溯我职业的发端，我会向你回忆那个夜晚——那时我晃了晃脑袋，里面喧嚣的诗句像头皮屑一样地纷纷撒落，然后我默默地走过去，贴着司马先生，神魂颠倒地把自己挂在了单杠上。

龋齿

我感到了骨头的牙　咬住另一些阴天

　　紧紧地　不松口

　　从去年咬到今年

　　　　　　　　——沙戈《一年》

除了一双眼睛，他的脸基本上被白色遮盖住。无影灯下的白色非常耀眼，有种趾高气扬的光芒。躺在那张古怪椅子上的她，很难把这个男人和昨夜联系在一起，因此，她意识到，这个男人终究还是一个陌生人。他们认识一年了。当时，她恰好刚刚离异一年。同事把这个牙医介绍给她，他们用了一年的时间，走到了昨夜。她知道自己并不年轻了，但依旧难以做到坦然。昨夜并不顺利，起码，在她是有种隐含的抵御。牙医不能理解她的态度，也许还觉得那些额外的摩擦有点多余。牙医吮吸她，她突然咝咝地吸起凉气来。她无可遏制，那一瞬间，牙医的舌头纠缠而来时,有尖锐的痛,牵扯了她的某根神经。整个过程伴随着她的吸气声。平静下来后的牙医发现了她的异样。她冲进卫生间,拼命地漱口。牙医免不了产生误解,赤裸着趴在卫生间的门框上,禁不住责问她:"有必要吗?"而她,显然也明白了牙医的不快,嘴里含着一口水,用手指盲目地示意。她在艰难地表达,仿佛急于澄清事实。而她要澄清的事实,无非是——她的某颗牙齿痛。可这有必要吗?当眼前的男人终于露出恍然大悟的样子时,她觉得有股无以复加的委屈淹没了自己。看着她的眼眶涌出泪水,牙医笑了。他果断地决定:第二天就给她解决这个问题!

所以此刻她躺在了这张古怪的椅子上。

来之前她有些犹豫。那个疼痛的根源,似乎已经模棱两可了。其实,昨夜的痛是否真的来自于一颗牙齿,她自己都不能完全确定。她指认着某颗牙齿,无非是需要把虚无的疼痛安放在一个合理的位置上。是牙医,最终敲定了这个位置。昨夜,他打开了卫生间的浴霸,炽热的光照耀着她大张着的口腔。"张大些,再大些。" 牙医用手卡住她的下颌。暴露的口腔,令她倍感羞辱。她觉得自己的疼痛迅速转移了,流窜到某个永远无法确认的部位。颌骨在隐隐作痛，发出细碎的咔嚓咔嚓声。"就是它了，一颗龋齿。" 牙医卡着她悲伤的脸说。她怒不可遏地挣脱了自己的脸，长发掩盖了她瞬间的愤怒。牙医没有觉察出她情绪的变化。在这个女人的口腔里，他发现了一颗龋齿，这让他萌生出职业的优越感。这个女人一年来在他心目中所有的矜持于是都瓦解了。因此，牙医以高高在上的口气向她指出了一颗龋齿所能造成的危害：牙髓炎，关节炎，心骨膜炎，乃至慢性肾炎以及全身的其他疾病。"这种细菌性疾病……"牙医用近乎傲慢的口吻说。这种细菌性疾病——这样的句子令她难堪，仿佛一语中的地定义了她的生活。同时，那最终波及全身的后果，也令她不寒而栗。那时她的心理几乎崩溃了，不明白自己为何这样，赤身裸体，待在一个陌生男人的家里，被检测，并且被诋毁，生活中所有纠结着的哀伤，都凝聚在那颗糟糕的龋齿上。

今天早晨，他们在牙医家门前分手。她钻进出租车里，牙医趴在车窗外，敲打着车窗玻璃，叮咛她准时来医院就诊。她茫然地点了头。然后她赶到了学校，她是一名小学教师。在校门口，她遇到了送儿子来上学的前夫。前夫匆匆向她打了声招呼，一瞬间，那种无以复加的委屈又淹没了她。这种细菌性疾病——她想起了牙医的这句术语。目送着前夫踌躇满志的背影,她怨怼地认为,这个人就是"这种细菌性疾病"的病灶,虽然如今已离她而去,却给她的生活留下了一颗巨大的龋齿。

儿子由前夫抚养,上三年级,正是顽皮的时候,中午和她一同在学校吃饭,该午睡的时候,却吵着要出去买雪糕。她神经质地烦躁起来。"雪糕会弄坏你的牙齿!"她恶狠狠地说,并且伸手卡住儿子的胖脸,把儿子的嘴掰开,检查起儿子的牙齿。儿子粉嫩的口腔令她茫然,她分辨不出那些牙齿的优劣,只是感到失措的慌乱。直到儿子大吼着哭起来,她才落寞地释放了儿子。

怀着这样的情绪,她完成了一天的工作。一共是四节课,却让她有筋疲力尽之感。放学的时候,前夫并没有来接儿子,他的母亲,她曾经的婆婆,一脸冷漠地从她的手里接走了孙子。儿子向她告别,走出很远了,突然回过头朝她龇牙咧嘴地做了个鬼脸——他在炫耀自己的牙。她也想回敬儿子一下,但嘴角牵动了一下,终究只是露出了一丝苦笑。这时她已经忘记了和牙医的约定。她独自走在回家的路上,昨夜的效应此刻显露出来。她感到了身体的异样，毕竟，她是个离异了一年的女人。她在路边的橱窗里看到了自己，发现自己的衣服褶皱很多。这让她一阵不安，仿佛暴露了巨大的破绽。她隐约记起了昨夜那个牙医凶猛的进攻以及自己本能的抵抗。她觉得自己的呼吸有些短促，并且有些轻微的耳鸣。她凝视橱窗里的自己，依稀看到一个熟悉的身影一闪而过。她回头张望，看到前夫正捧着一束明媚的黄玫瑰站在马路边仓皇四顾。恰在这时手机响起来。起初她并没有听出对方的声音，直到那个人理直气壮地要求她，她才恍然大悟。"来治牙！"牙医斩钉截铁地说。

　　身下的这张椅子令她不安，她很容易就把它和记忆中的损害联系在一起。她曾经躺在这样的椅子上，张开双腿，根除掉自己的第一个孩子。那时，她刚结婚不久，怀上了第一个孩子，但却被诊断出了心脏病。医生说她并不适于生育，那样很危险。于是只有打掉。她躺在妇科诊室，和现在一样，同样需要暴露自己隐秘的洞穴，扩张，照射，将身体无望地呈现着。她身下的那张椅子，高大，冰冷，可以升降，唯一不同的是，有两根支架，用来恶毒地举起她的双腿。这唯一的不同并不能把它和眼下的这张椅子区别开，它们的本质是相同的，强硬，不由分说，充满了机械与医学的暴力，能够迅速剥夺人的尊严。她觉得自己被这张椅子绑架了，被无形地勒索着。

被白色包裹的牙医与昨夜判若两人，甚至他的声音也在口罩后面发生了改变："张嘴，别紧张。"——有股椅子的味儿。可是她反而更紧张了，双手不由自主地攥紧了椅子的扶手。她的手指苍白、修长，指甲里残留着白色的粉笔末，右手中指的关节上还有一团批改作业时遗留下的红色墨水。牙医观察到了她的紧张，有些正中下怀的愉快，随即做出了令她吃惊的举动。他捧起了她的手，放在掌心，温柔地拍了拍。她感到突兀，心脏一阵抽搐。她似乎厌恶牙医的这个举动，但却用力地握住了对方的手。牙医在口罩后满意地笑了，发出被遮蔽的咯咯声。仿佛得到了许可，他终于肆无忌惮地探究起她来。她觉得，牙医的脑袋几乎完全扎进了自己的口腔。"很糟糕，嗯，很糟糕……"牙医的声音瓮声瓮气地回响在她的口腔里。他开始使用工具了，口镜，探针。一阵难以言传的酸痛被这些工具激活，猖獗地蹦跳在她的神经上，然后直抵心脏。她不禁发出了呻吟般的呜咽。牙医却因此变得兴味盎然，饶有兴致地越发鼓捣起来。她的口腔里有一个焦点,仿佛是她神经中枢的神秘按钮,一经碰触,就能令她彻底崩塌。牙医持续地敲打这致命的地方,锲而不舍。他似乎是在考验着她能忍受多久,也似乎是在检验着自己能坚持多久。

她流泪了,完全是生理性的。每一下敲打都令她痉挛,大张着的嘴呜噜出含糊不清的声音。她突然有了某种不可名状的兴奋,有种恶毒的摒弃一切的亢奋情绪风暴般地席卷了全身。她痛恨,同时也渴望这种施虐般的折磨。她认为生活对于她,就是一个反复施虐的过程。起初是心脏病,莫名其妙地选中了她,她因此被扔在了妇科诊室的椅子上,不得不掏空自己的子宫;她并不甘心,吃了三年的药,把自己弄成了一个浑身散发着苦涩的女人,然后,冒着生命危险生下了一个健康的儿子,她精心将儿子喂养到小学三年级,却被前夫带离了身边,为此她和前夫经历了艰苦的诉讼,但最终的判决依然是——剥夺;她并不是一个前卫的女人,除了前夫,她在昨夜之前没有和任何男人共宿过,她的道德观排斥婚姻之外的床笫之欢,但是她终究被生活强硬地改造了……一切都仿佛丧失殆尽,活着的态度,与生俱来的荣辱观,都呈现出一片狼藉。现在又是龋齿！"这种细菌性疾病"再一次将她扔在了毫无尊严的境地，被窥视，被玩味，被不由分说地侵犯。

牙医终于放弃了他游戏般的诊断。现在，他决定填充那颗牙齿上的龋洞，仿佛是要给她身体的漏洞打上一个补丁。但她却断然拒绝了，粗暴地说："拔掉！"她是脱口而出的，不假思索。"拔掉？"牙医再一次捉住了她的手。但是她的手挥起来，坚决地说："拔掉！""嗯，没有炎症，可以拔——也好，一劳永逸。"牙医执着地捕捉着她扬在空中的手，抓住，握紧，迎合着她。不错，一劳永逸，这正是她此刻的想法。

她被注射了麻药。注射前，牙医询问了她的病史，她隐瞒了自己的心脏病。她并不是有意要隐瞒，她只是感到厌倦，她不愿把自己想象得千疮百孔。麻药让她的知觉空旷。她感到口腔沉重，像是塞进了一颗铅球，仿佛有一个粗鲁的大汉，在她的嘴里伐木。她隐约觉得自己的骨头被撼动了，身体的一部分被连根拔起。

那颗龋齿终于出现在她眼前，带着一缕血丝，当啷一声，掉在一只金属托盘里。看着这颗脱离了自己的牙齿，咬着一团纱布的她，心情在刹那间抑郁起来。"要吗？"

牙医的声音仿佛无限遥远。她明白他指的是什么，费力地表示出了她要。于是，拔掉的龋齿连同进入过她口腔的那些器械，被装进了一次性的盒子里。"这只盒子你带走，下次复诊时带上。"牙医突然变得有些冷漠了，恰如一个男人房事后惯常的那样不耐烦，也许是拔牙的过程让他回到了自己的职业角色中。他机械地叮嘱了她一些注意事项：不要做激烈的运动，勿高声谈笑，不要用舌头舐创口，两小时后方可进食，等等。总之，一切都需要暂时地改变，一切都乱了。她依旧躺在那张古怪的椅子里，发现自己已经被汗水浸透，身体像经历了一场肮脏的战争那样无力自拔，所有的洞穴都麻木并且凌乱。牙医还说了一些话，但她完全听不清楚了，耳朵里一片蜂鸣。她的脸色灰白，表情涣散，眼角的细纹在无影灯下浮现出来，似乎还在蛇游着蔓延，这令她的脸看起来仿佛正在不可逆转地龟裂。她可是真的并不年轻啦！牙医在内心感叹着。两人之间特殊的关系，使牙医忽略了眼前这个女病人的异样。

后来，她捧着那只一次性盒子离开了诊室。牙医追出来，塞给她一样东西。那样东西藏在一只装药片的袋子里，因此她很自然地将它当作了药片。她很疲惫，有些迟钝，连礼貌性的告别都没有，就迅速走出了医院。她是走得有些急了，仿佛要立刻摆脱什么。但是她全身一点力气也没有，一阵快步后，她只得在医院门前蹲了下来。

此刻已经是黄昏了，天边有一团乌云遮住了夕阳。

她蹲在路边，头垂在怀里，觉得自己像一块被压缩在罐头里的肉。她知道自己的姿势很不雅观，平时她非常讨厌蹲姿，但现在她身心交瘁，心脏的压力迫使她放弃掉内心的好恶。她蹲在那里，很委顿，很哀伤。稍微缓过些劲儿，她就顽固地站了起来。一阵头晕目眩，她觉得世界有一瞬间是颠倒着的。此刻她愣了一下，以为自己产生了幻觉，因为她在窒息中又一次看到了前夫的背影。那个熟悉的背影和全世界一同倒立着，在她眼里旋转了一圈，才脚踏实地了，但是依然在左右晃动，世界宛如波涛荡漾的海面。

果然是前夫。她略感惊讶，今天实在是蹊跷，他们居然第二次不期而遇。正当她恍惚的时候，前夫恰好回头了，一眼就看到她。他们距离并不远，也就十来步的样子，但彼此的眼神却仿佛是无尽的眺望。很显然，前夫有些尴尬，他在犹豫，是不是该过来打个招呼。她却异常平静,她的注意力完全集中在前夫胸前的那捧玫瑰上了,那一团很大的黄色,完全充斥在她的视觉里。她想,他就这样捧着这些花在街上乱转吗?他不是这样的人啊,以前鲜花是会令他害羞的,他是一个耻于把自己和华丽联系在一起的男人。她嘴里紧咬着的那团纱布,已经被唾液浸透了,药水的气味混合着血腥,辛辣无比,呛得她咳嗽起来。前夫终于走了过来,不过抢先到达的还是那捧黄玫瑰。他说:"很巧啊!"她不知道怎么回答他,拿不定主意是否该告诉他自己刚刚拔了一颗牙齿,她有这样的愿望,甚至还很迫切。但是她欲言又止。

这时一个年轻女人从她身后冲了上来,几乎是蛮横地插在了他们之间。于是,前夫胸前的那捧花转移到了这个女人的怀里。她立刻就明白了眼前的局面,手捧鲜花的前夫,是在等这个女人。女人对前夫热烈地说着话,不经意地一回头,就让她感到了自卑。她觉得这个女人真年轻啊,完全还是个孩子,你看看,她还穿着那种有卡通图案的裤子!可是这和自己又有什么关系呢?但是她却没来由地火了,隔着年轻女人,突然厉声向前夫吼道:"你还有一点责任心没有?你就是这样带儿子的吗?你把他一个人扔在家里，你也做得出……"她的情绪不可自控，麻木的口腔让她发出的每一个字都显得像石头一样浑浊有力，她觉得快要上不来气了，只能一边吼一边用力呼吸，结果，那团浸着血的纱布从嘴里飞了出来，居然飞过年轻女人的肩头，跌落在那捧玫瑰花里。年轻女人惊叫了一声，这令她无地自容，同时也加剧了她的冲动。她继续激烈地斥责："你知道儿子的功课已经有多糟糕了吗？你现在应当待在他身边，那才是你正确的地方！你不愿为他负责，为什么当初要抢走他？"前夫的脸憋出了紫色，他不能理解她此刻的态度，他从未见到过她如此暴怒的样子，即使在他们关系最恶劣的时候，她也没有这样威风凛凛过。

　　手捧鲜花的女人吓坏了，试图拉着前夫离开，但刚一抬脚，就被她凶狠地阻挡住。她拦在他们面前，咄咄逼人地迫近年轻女人的脸，当她们近距离对视的一瞬间，她被年轻女人眼里那种不易觉察的轻蔑给激怒了——她轻蔑什么？她懂什么？一个穿着卡通图案裤子的小孩！她将自己所有的愤恨都归咎于这个年轻的女人。虽然残存的理智告诉她，自己并没有任何权利，但是这又如何？即使对方真的无辜，此刻她也需要将自己的愤怒有所针对地倾泻出来。有那么一刻,她似乎平静了下来。其实她是在酝酿。她酝酿着的,是一口含着血的唾沫。她觉得自己的口腔里有一个源泉,那是她身体里的洞,所有的一切都从那里汩汩流出。当她觉得这口唾沫已足够充沛的时候,她对准年轻女人的脸吐了出去。但她没有勇气去看自己这口唾沫达到的效果。她在一瞬间吐空了自己,明白自己做了不可思议的野蛮的事情。她拔脚欲走,刚刚转身,却瘫软在地。她觉得自己的胸腔有种紧缩感,随即一种压榨性的疼痛贯穿了她的肺腑。她清醒地意识到,自己的心脏病突发了。虽然她在很久以前就已经被诊断出了这种疾病,但从来都没有发作过,疾病始终只是张着隐形的翅膀威胁和恐吓着她,让她活在阴影里,时隔多年,今天,它终于降临了。她甚至有种千回百转的感慨,禁不住泪流满面。

她发现自己的四周迅速聚拢了一群人。最早贴近她的,是一个老年男人,年纪很大,几乎可以做她的父亲了,还穿着那种竖格条纹的病号服,看来是医院的病人。老头将她的身体搬成侧卧的姿势,用自己的腿担在她的脖子上,以与实际年龄不符的洪亮嗓门大声对围观的人宣布:"我要给她急救。"然后,居然伸手去松她的腰带。

她的意识正在逐渐丧失,那只扯在自己腰带上的手却令她骤然复苏了。她神奇地坐直了身子,令她欣慰的是,此刻前夫向她伸出了援手。他从身后抱住了她,双手插在她的腋下,协助她站了起来。那个老头立刻大声疾呼道:"你这样做会要她命的!她必须就地躺着!"老头是在警告前夫。尽管她知道老头言之有理,指出的是一个重要的常识,但却非常反感老头的态度。因为当前夫的手插在她腋下的一刹那,她感到了汹涌的伤心,可是她多么渴望这样的有所依托的伤心。所以她反感老头的干涉,仿佛对方是要驱散自己的希望。她配合着前夫,努力站稳身子,怀着一种优胜者的近乎炫耀的情绪,向围观者表达了自己的立场。她要表达的立场是——他们,她,还有前夫,他们是一个共同体。

一切宛如奇迹。在前夫的搀扶下,她居然缓步向医院里走去。好事者尾随着他们;那个老头兴奋地大张着嘴,喋喋不休地说:"看着吧看着吧,她就要死了!她走不了几步啦……"他甚至大声数着她的步子;还有,那个年轻女人,收拾起所有委屈,脸上挂着残留的血沫,手捧着黄色的玫瑰,顺从地跟在身后——她都有些怜惜起这个年轻女人了。以她为中心,一支队伍形成了。在她的意识里,这支队伍有种隐隐的庄重之感,仿佛浩浩荡荡,如同一场肃穆的仪式。她被自己感动了。她觉得自己是用生命为代价进行着一场跋涉,好像童话里的人鱼,每一步,都走在刀刃上。她已经感觉不到心脏的压力,某种玄秘的力量替代了心脏,支撑着她的肉体。她动情地将头依靠在前夫的肩上,那一刻,她觉得原谅了生命中的一切,非常甜蜜。

眼前出现了医生。她有片刻的迷惘,任由医生们把她放在了一张推车上。但是她很快惊醒,急迫地去寻找前夫,当她终于发觉自己已经无法支配自己的身体时,那种巨大的无可转圜的残酷的无能为力,铺天盖地而来。

四周都是忙碌的白影,有人在往她的舌下塞药片。她依稀看到了前夫,很模糊,像是映在橱窗里的影子,她看到,有一团朦胧的黄色依偎在前夫的怀里,前夫在抚慰着那团黄色,她都能想象出前夫的神态了,一定是一脸的小心,低声下气。想到这儿,她甚至想笑了,恍惚着在心里嘀咕:"这下,你可是有了大麻烦了……"

依然是除了一双眼睛,他的脸基本上被白色遮盖住。无影灯下的白色非常耀眼,有种趾高气扬的光芒。

看到她苏醒过来，牙医如释重负地捂住自己的脸。

事实是，她连那张古怪的椅子都没有下来，就直接昏厥了过去。心脏病发作得令人措手不及，几乎没有任何先兆，而且，当时牙医完全沉溺在某种违背医学原则的兴致勃勃中，根本没有注意到她的变化。当那颗龋齿刚刚脱离她的牙槽，她就不省人事了。

牙医被吓坏了，对于自己的轻率追悔莫及，他明白一场致人死亡的事故意味着什么。她被送进了抢救室。整个抢救过程牙医都守在旁边，因此，牙医在忐忑地祈祷之余，也目睹了一个最奇怪的昏迷者所表现出的症状。她面色苍白，嘴唇发紫，仿佛化了浓艳、奇异的戏妆，而且，丧失了意识的她，居然有着丰富多彩的夸张表情，时而哀伤，时而喜悦，有那么一刻，她还绽露出和煦的微笑，这一切，都令她宛如一个正在表演的演员，而她头顶的无影灯，也恰如舞台上孤独的灯光。其他医生无暇他顾，只有袖手旁观的牙医捕捉到了她的每一个表情。牙医不能理解她的表现，他的医学知识不足以为他解释这其中的奥秘。牙医把这一切当作自己的幻觉了，他想自己一定是被恐惧搞晕头了。

她苏醒过来,仿佛穿越了一条无尽的隧道。这是一条环形的隧道,光滑,紧迫,却又布满粗粝的阻碍,如同母亲的产道,从生到死,周而复始,终点即是起点。她的意识顺畅地与昏迷之前的记忆对接起来,她明白自己经历和臆造了什么,她的心脏一度停止了跳动,在那条死亡的通道上她洞见了自己内心所有的秘密。她的确是被掏空了,就像在谵妄中奋力吐出那口血水向整个世界唾弃一样,此刻,她变得空空如也。

她继续留在医院里治疗。第二天,她的同事来看她。这个同事正是她和牙医的介绍人。她一眼就看出了这里面的原因,她知道,牙医把同事叫来,是基于一种怎样的逻辑——喏,看看你给我介绍的人吧!这也正是牙医的想法。牙医很愤懑,他不能原谅,自己结识的这个女人居然有严重的心脏病,他本来是很认真的!他觉得自己被欺骗了,有种蒙受损失后的追究心理。同事带来了一束花,令她吃惊的是,那居然是一束黄玫瑰。由于受到了牙医的埋怨,同事的情绪有些低落,只是简单地慰问了她几句,就匆匆告辞了。临走前,同事对她说起了她的儿子:"你儿子今天没来上学,你通知他们了吗?"她知道,同事所说的"他们",是包含着她的前夫的。在这座城市,除了"他们",她再也没有其他的亲人了,如今她出了事情,在所有人看来,最应当被通知的,就是——他们。一念及此,她本来空空如也的心立刻灌满了悲伤。她始终一言不发,像一个真正的病人那样虚弱。

同事走后,牙医来到了她的身边。他依然把自己包裹在白色后面,他这样的装扮,令她根本想不起他真实的面貌了。他很专业地翻了翻她的眼皮,又将手指搭在她脖子的动脉上测了测,俨然一副主治医生的派头,尽管,他只是一名牙医。接着牙医又看了看液体瓶上贴着的配方,然后,他将一只药片袋子塞在她枕边。那里面放着的,是一件礼物吧,也许是一枚宝石戒指。牙医决定用这枚戒指结束他们一年来的交往。结果是,这只袋子和她昏迷中经历的某个细节重叠了,她不由得一阵心悸,有种梦魇走进现实的惊惧。同时,这也令她想起了一件重要的事情。"它呢?"她说出了苏醒后的第一句话。"什么?"牙医疑惑不解,而且,他也没有足够的耐心去搞明白。"我的牙,我的——龋齿。"她严肃地说。"牙?"牙医愣了片刻才回过神来,他有些恼火,仿佛听到的是一个不可理喻的问题，所以他没好气地质问道:"你还要它干什么?不过是一颗龋齿!"她深深地吸了口气,这一刻,她才充分感觉到了自己口腔里缺失了某样东西,当她开口的时候,那个豁口仿佛刮过了一阵风。她在这阵风的伴随下,空空荡荡地说:

"它是我的牙,是我身体的一部分,尽管,它是一颗龋齿。"

有时候，姓虞的会成为多数

我们租住的地方，理论上应该叫作城乡接合部，但现在很多事情，除了在理论上站得住脚，实践起来都会有些模棱两可，因为实践中的一切，都变得似是而非了，不再像石器时代那么泾渭分明。

这块叫作"雁滩"的地方，二十年前据说还是一片农田，当年兰城的男青年，稍微有些抱负的，如果弄上个"雁滩"姑娘，都会有些气短，被人问起，不禁就要含糊其辞，反应快的，随口会将姑娘们的出处说成是"城东的"。雁滩就在兰城的东边，这一点，是不含糊的，就好比东京，理论上也是在兰城的东边一样。可事情说变就变了。今天的雁滩，哪里还见得到农田？全部是楼了。雁滩姑娘们摇身一变，都成了抢手货，因为卖了地，她们都成了有钱人家的闺女。然而在理论上，此地依然是要被冷静地视为城乡接合部的，大批的外来者盘踞在这里，来来去去，就像当年的庄稼，一茬一茬的，等待着被这座城市收割。

像我们这样的寄居者,在兰城的雁滩比比皆是。我们来自五湖四海,可目标却未必是同一个,当然你要笼统地概括一下,五湖四海的目标也能够被你在理论上总结成一条定律什么的。我们的房间在雁滩一栋四层小楼的顶层,四壁连带房顶都没有经过粉刷,预制板直接裸露着,楼面的外墙也没有任何装饰,倒是表里如一,那种水泥特有的灰白格调,让这一带的楼体呈现出一种堪称肃穆的气氛。周边几乎没有什么植物,一切都暴露在白花花的阳光里,到了夜晚,即使万家灯火,也显得是旷野无人。住在这里也有一种别样的好,那就是,尽管周遭喧嚣不止,但只要你认得几个字,或者不幸有着一颗还算焦虑的心,那么,你就会感受到某种非常突出的宁静之感。

我们一共是四个人,我,小王,小虞和老虞。我姓李,被大家唤作小李。大学毕业后我就在雁滩这个范围内辗转栖身,白天乘车去市里面打工,暮色四合的时候跑回来挤进架子床睡觉。最让我难以释怀的是,我常常需要把自己在夜晚投奔的那个地方叫作"家"。下班的时候,跟同事们打招呼,不免要说"回了",可是回哪儿了呢?回宿舍了？回出租屋了？都不大合适，好像也不太符合汉语的规范，约定俗成，也只能大大咧咧地吵吵："回家了回家了。"这么吵吵完，自己的心里不免就会有些发虚，因为毕竟是夸大其词和虚张声势了，其后的归途，就会感到有些凄凉。

小王年纪与我相当，也是大学毕业后混到雁滩来的。

余下的二位，本来也乏善可陈，大家不过是五湖四海，不过是萍水相逢，但好玩的是，他们居然都姓虞。关于姓氏，我们能说些什么呢？你看，我姓李，据说这个姓如今已经是第一大姓了，如果谁当街大叫一声"老李"，估计应者云集，会有不低的回头率。小王也比我差不了许多，我打工的那家公司，就有十数个小王。可是，在我们蜗居的那个二十平方米的狭小空间里，我和小王，居然成了少数。我们的另外两个同屋，都姓虞。为了将他们区别开，只有把年纪稍大的那一个叫作了老虞。老虞其实也不老，只比我们大个三两岁，可是没办法，谁让我们遇到了这种状况呢？——有时候，姓虞的会成为多数。

"对于老虞这个人，你们了解多少呢？"有一天小虞向我们发问。

是啊，对于老虞这个人，我们了解多少呢？这么说吧，最先被压缩进这个二十平方米空间里的人，是我和老虞。我们在一个夏日的午后循着楼外张贴的广告不期而遇，我眼前的这位乍一看还是蛮普通的，就像所有毕业三五年后依然没着没落的青年，整个人的外观，就是一种"城乡接合部"的风貌，但当时，我看着老虞，觉得他有些没来由的别扭。后来我算弄明白了，可谓恍然大悟——原来这个老虞把衣服是筒在裤腰里的。这应该是老虞让我别扭的地方。说起来也没有什么充分的理由，衣服筒在裤腰里，本来不是个问题，但不知道有人统计过没有，把毕业三五年依然没有着落这些因素都参考进去，这样的一部分年轻人，有多少会是将衣服筒在裤腰里的？老虞他栖身雁滩的出租屋，谋生于一家卖汽车配件的小公司，天天骑一辆需要弓背塌肩才能驾驭的自行车，行程都在五十公里上下，这么一个人，却像写字楼里的小开一样，习惯把衣服筒在裤腰里，可不是他妈的有型极了？

后来小王加入了我们的队伍，再后来才是小虞。没什么可说的，我们四个年轻人已经将那二十平方米最大化地分摊了。被分摊了的，当然还有我们捉襟见肘的购买力和没有着落的人生。这样你就会明白了，为什么我会在这间出租屋里感受到非常突出的宁静之感。因为我已经极大地分摊了自己，把什么都匀了出去，涣散了，不宁静才怪。

所以从理论上讲，我应该是最了解老虞的人，毕竟是我俩先占领的这二十平方米。但我也不能肯定，这个小虞会不会比我和小王掌握更多的材料，谁能忽视这样的事实呢？——在这个狭小的罐头瓶里，两位姓虞的成为多数。他们会由此更亲近一些吧？于是我和小王就自觉地将小虞的发问当作了一个设问句，认为他一定是要自问自答一番的。

果然是这样。以下就是小虞给出的答案：

老虞他其实挺孤独的。（妖怪了，我们几个缩在同一罐头瓶里的年轻人，乃至满雁滩的人，乃至全兰城的人，乃至尘世中的所有人，有谁是不孤独的呢？）尤其被我们老虞老虞地喊着，就更让他和我们有了一些隔阂，他可能会觉得，本来还算年轻的自己，莫名其妙一下子就苍老了吧。就是说，是我们把老虞喊苍老了，是我们把老虞喊孤独了。你们知道的，老虞几乎没有休息日，双休日咱们都还睡着的时候，他照例会扛着他的自行车下楼，出门。起初我也和你们一样，以为老虞的公司业务繁忙，或者这家伙兼了职，打了双份工之类的，可后来我知道了，不是这么回事。谁让我也姓虞呢！我当然要比你们更关心一些老虞。其实老虞他在周六周日这样的时候，和我们一样，也是无所事事的。他扛着车子下楼，出门，好像是要去上班一样，其实呢，他根本没什么事儿，不过是摆出了这么一副架势。唉，老虞干吗给咱们装神弄鬼呢？让我看，他就是这么个人，孤独呗。当然，我有时候也觉得孤独，你们八成也孤独过（何止八成啊），可咱们基本上不会在星期天的早晨也把自己弄到街上去。你们要换一种方式来理解老虞。也许换十种方式，该不理解还是不理解。也许你们连半种方式也懒得换，老虞的事儿你们压根就不放在心里，谁也不能指责你们。关键是，谁都得承认，理解不理解一个不过是挤在同一间出租屋里的伙计，原则上的确并不重要。谁管谁呀，就像老虞把衣服筒进裤子里，即使再怎么让人看了着急，也只是他自己的事儿。

我跟你们说个事儿，你们肯定都没留心过。冬天的时候，有天夜里我上厕所，老虞在里面，门没关，他正站起来提裤衩，可把我吓了一跳——他居然把上身穿着的保暖内衣仔仔细细地往裤衩里筒。恐怖吧？就是从那一刻，我决心要亲近亲近我的这位老兄。

有些事儿我们没试过，不知道其实远比我们想象的要简单。就比如说，我们住在这二十平方米的空间里，本来算是个挺稀罕的缘分，可大家谁都没有尝试过要彼此亲近。太累了，跟人打交道太累了，大家天天回来的时候都是一副大势已去的狼狈相，谁还打得起精神给别人示好？可是如果有一天你们试着拍下对方的肩膀，没准儿对方也会亲热地捅你一拳。当然，拍下肩膀、捅上一拳也没那么重要，大势照样还是已去。反正老虞就是这样的一个人，我主动接近他，不过就是多点个头、打个招呼什么的，他就有一出没一出跟我讲了些他的事儿。

下面这些事儿，就是老虞说给我的：

有一个周日，老虞出门时咱们照样睡得东倒西歪。把自行车扛到楼下，老虞思考了一下去向，然后骑上车子漫无目的地在街上转起来。谁能想得到呢？周日的清晨照样会形成上班的高峰——我们这个世界，已经没有安息日啦。自行车在街面上汇聚成一股洪流——这还是让人有些想不到吧，原来我们依然活在一个自行车的王国里，尤其在每一个含辛茹苦的清晨。老虞裹挟在浩浩荡荡的洪流中，因此也具备了方向感。他和清晨奔波的人们一同前进，一同追赶时间。东走西奔，渐渐洪流开始消退，最后变得稀稀拉拉。清晨的空寂一下子突现出来，变得有些荒凉。

已经是十点多钟了，老虞仍在大街上骑行。这时大街上又渐渐热闹，但性质迥异，与那股胼手胝足的洪流相比，此时上街游荡的多是些闲散分子了。

骑到雁滩桥头时，老虞看到了那个卖糖炒栗子的家伙。一口大锅支在路边，一堆炒好的栗子上竖插着标价，露出"五元"，不知道下半截隐藏了什么玄机。老虞有一瞬间的踟蹰，他在盘算，买一斤栗子权作午饭是否划算。他也通晓这些小贩们的把戏——在标价上搞鬼，在秤盘上搞鬼，出其不意地讹诈一下没见过世面的人。不料摊主满脸堆笑地招呼他："哥们，来啦！"说着用报纸包上一包栗子塞了过来。老虞没有推辞，自己不是个没见过世面的人，这个他有把握，而且，有时候，我们内心的算盘总是会屈从于一包劈面而来的栗子。老虞坐到自行车的后座上，用两条腿支撑住平衡，一粒一粒剥食。他已经有了主意,待会儿撂下个十块八块的就走人——这正是老虞平常中午吃快餐的标准。

"怎么样?"摊主关切地问。这是个其貌不扬的家伙,长得除了像个卖糖炒栗子的,什么也不像。

"嗯,不错。"老虞不动声色地回答。

"那就好那就好,我真是有点为你担心。"

"什么?你说什么?担什么心?"

老虞一怔,感觉他们说的并不是同一个话题,对方可能并不是在问他栗子的滋味。

"酒精中毒啊!"卖栗子的顿足说,"那天你喝太多了,要不怎么会直接送到医院去呢。"

"你记错了吧?"老虞说,"认错人了?"

"别逗了,要不你就真的是喝傻了。"卖栗子的忧心忡忡地揉着自己的下巴,"老吴是怎么说的?小五你迟早有一天会喝废的,可不是吗,我看你就快被他说中了。"

尽管捧着一包栗子的老虞表情看起来是在说:嗨,伙计,你他妈的认错人了,不过没关系,谁都有走眼的时候。但有那么恍惚的一瞬间,他真的感到自己被一股神秘的风卷走了,落在一个昏暗的小酒馆里,以"小五"的名义与这个卖栗子的还有一个什么老吴推杯换盏，斯时，劣质白酒哽咽在喉头，但依然无法阻挡内心那种卑微的、粗糙的、患难与共的温暖。

这时候两个打扮得很时髦的女孩走过来。她们都穿着那种底子很厚的鞋，窄小的短裙把屁股勒得紧绷绷的，上身是颜色漂亮的短风衣，两只背包背在各自娇小的肩膀上。她们从糖炒栗子面前走过去，又走回来。

其中一个说："怎么卖啊？"

卖栗子的大概认为这样的顾客不适宜他的买卖方式，因此表现得不是很热情，指指那块韬光养晦的标价牌，眼睛向天上翻着。

"你没长嘴吗？"另一个女孩厉声喝问。

卖栗子的被吓了一跳，咕哝道："你们没长眼睛吗？自己不会看。"

两个女孩对视了一下，让人以为她们会共同喊出两个字：扁他！

但她们只是对视了一下，然后异口同声道："来一斤。"

卖栗子的伸手去包炒好的栗子，不料一个女孩尖声细气地说:"我们要吃现炒的。"

卖栗子的说:"这就是现炒的。"

女孩纠正他:"这是炒好的,不是现炒的。我们要吃那种边炒边卖的,你炒给我们。"

卖栗子的愣了片刻,大概觉得挺有意思,嘿地笑出声,然后就挥舞起一把铁锨,在那口大锅里翻炒起来。两个女孩不屑地撇撇嘴,她们不计较这个伙计的傻笑,她们要吃现炒的栗子。等待的时候,两个女孩开始议论起某件衣服的优劣,不好,太长,穿上像个嬷嬷。挺好啊,嬷嬷才好呐,性感。

而此刻的老虞,不可自拔地滞留在了那个昏暗的小酒馆里。这里面有污秽凄苦,也着实有一种很温暖的东西让他流连忘返,只是梦幻酒馆里现在多出了两个时髦的女孩,她们坐在另一张桌子,内容混乱地交谈着,正在说嬷嬷,突然一拐,就说起了某个明星。不喜欢,鼻子太短,还翘起来,像猪八戒。自己养的狗还不了解什么毛病,他就是想搞我,滚他奶奶的蛋吧,我有那么好搞?好像又是说某个男朋友了。

"现炒"的栗子炒好了,卖栗子的伙计鼻头累出汗珠来。两个女孩接过她们的栗子,先各自剥一粒,其中一粒热气内聚,砰地炸开,惹得两人夸张地一阵尖叫。该付钱了,老虞很紧张,他想象不出卖栗子的恶劣把戏会在这两个女孩面前遇到什么打击。卖栗子的心里显然也没底,指向那块牌子的手指在颤抖,它已经露出了真面目:二十五元。两个女孩顾自小心地剥食着热栗子,你十元,我十元,其中一个再多翻出五元,全部扔在那口大锅里。这太令人失望了,好像憋足了劲一拳打出去,却打在一团空气里。卖栗子的又是半天回不过神,用不可思议的眼神瞅瞅老虞,随后他气愤地骂一句:"臭鸡!"

已经走出几步远的两个女孩同时回头,凶恶地齐声断喝:"呔!"

这"呔"是兰城的用法,断喝出来让人显得很够劲儿。

卖栗子的伙计不由自主缩了一下脖子,换上了一脸的无辜相。时间一下子凝固啦,是一个对峙的局面。两个女孩将信将疑地瞪了他半天才扭脸而去,叽叽咕咕地评价:"这货,长得像某某某一样。"

老虞终于将自己从那个小酒馆拖拽出来了,骑上车子准备离开。刚才他几乎要忘乎所以地陷入一场纠纷中去。没人知道老虞的内心经历了一场什么风暴。他诧异地发现，如果那两个姑娘和卖栗子的发生冲突，那么毫无疑问，他会坚定地站在卖栗子的一边，并且拔拳相助也是说不定的。这也说得过去，喏，这个卖栗子的才对我们的老虞嘘寒问暖过，让他从满街的无良小贩中脱颖而出，成了一个与老虞貌似相识的人。但这个发现仍然让老虞不禁有些发抖，他基本上是个温顺的人，从来没有滋生过什么豪情，可刚才内心那股片刻的、气势汹汹的波澜，又是多么接近一种"豪情"的指标。老虞觉得他在那一个片刻热烈地介入到了世界之中。

卖栗子的伙计在身后喊他："这就走啦？少喝点，你少喝点啊小五。"

老虞做出了鉴定，这个家伙张冠李戴，里面并没有什么阴谋——他压根就没跟老虞要什么十块八块。老虞并不想纠正他，相反，他现在非常渴望自己就是那个被朋友担心着的、义薄云天的小五。

"老虞说他那天骑着车子在兰城打了个来回，"小虞惆怅地对我们复述，"有一股没法儿跟人说明的情绪让他一路迎风流泪，他不得不停下了几次，掏出手帕来擦眼睛——见鬼，你们没听错，我说的就是手帕，老虞他还是个裤兜里随时塞着手帕的人。他就是这么一个人！"

可是小虞啊小虞，你跟我们扯这些干吗呢？我，小王，作为两个听众，不禁都觉得有些尴尬，好像突然被人强迫了什么似的，情形类似于坐在公交车上陡然遇到了一个你不得不起身让座的老家伙。何况小王这时刚丢了差事，正操心如何再就业。我们都有些拿不准，这个小虞一反常态地跟我们絮叨起来，是基于怎样的一种心情。

小虞好像是铁了心，有种要砸烂什么的狠劲儿，他自顾喋喋不休地往下说：

有些事儿说出来不像是真的，因为这些事儿会让人觉得难以理解。可生活里还是需要有些真实感吧？否则咱们可不是都活到梦里面了吗？——还他妈的是个噩梦。好比，咱们现在待的这间屋子，总是真的吧？月租四百，每个人摸出的那张红票子总是真的吧？还好比雁滩桥头总是真的吧？咱们天天从那儿至少打一个来回，这一点没谁怀疑过吧？好了，老虞就此每当途经雁滩桥头的时候，都要逗留一下，跟那个卖栗子的伙计点下头，也没到拍肩膀捅拳头的地步，他不过是格外看重这家伙的那声叮咛——少喝点，你少喝点啊小五。

有那么一个阶段，老虞身不由己地活成了一个莫须有的"小五"。就是说，他觉得自己在被人牵挂，那感觉，就好像一个人在夜里，自己抱着自己，管自己叫：亲爱的。老虞他对这种感觉着迷啦，像是被一个命令部署进了这个角色。这个卖栗子的家伙是什么人？一定和咱们不是一路人。比如，他能把标价五元的招牌换成二十五元，比如人家一定住得比咱们好，挣得比咱们多，比如好歹咱们都有一张大学的文凭。可这些都构不成差别，我们之间的不同只在于，无论这个家伙是看走了眼还是犯了癔症，总之他能指鹿为马、热烘烘地牵挂自己的同类。这可能就是打动老虞的地方了。

我们读了大学，人生不过是一个人均五平方米的格局，这么戏剧性地、徒劳般地空忙活，也许谁都会在途经雁滩桥头那种地方的时刻，灵机一动，望着桥，望着河，陡然生出些别致的念头。这不，那一天，老虞在周日又骑车来到了这个卖栗子的伙计面前，他们交头接耳了一番。可能这一天的老虞出门时并没有什么打算，那时候我醒了,他不过是看了我一眼,什么都没说,更没打什么招呼,可是我在心里跟自己说:老虞他这是要出去吃苦头哇。

然后你们都知道了,咱们的老虞就此不告而别。至于他干吗去了,遗憾得很,我也无从知晓,我只知道他是跟卖栗子的伙计去了趟河南。半年后,他又回来了。

——老虞是在一个黄昏回来的。那时我们三个人刚刚挨过了一天,也是次第进屋不久,各个人仰马翻,无外乎是大势已去的架势。看到老虞,大家当然有些吃惊,但也只是面面相觑了一番,就好像他还和半年前一样,不过是推销了一天的汽车配件归来。大家眼睁睁地看着老虞爬上了自己的那张架子床。让我们觉得心头一紧的是,我们都发现了,老虞衬衫的下摆令人心碎地垂挂在裤腰的外面。于是谁都知道了,这个老虞在半年的时光里,便已历尽了沧桑。

交代一下雁滩桥头吧。兰城是被一条大河拦腰截断的城市,我们委身的雁滩,靠着一座雁滩大桥和城市的主体连接在一起。雁滩桥是我们每日必过的一条通道。曾几何时,我每次跨越这条通道,都觉得自己是蠕动在一根笔直的肠子里，清早被输送进去，黄昏被排泄出来。这种感觉使得我每次靠近雁滩桥头之际，都会觉得腹胀如鼓。

如今从小虞的嘴里，我们知道了老虞失踪的前传，那不能算作一个确凿的前因，也不是太有说服力，但是不知怎么搞的，从此每当我路过雁滩桥头，遥望这截城市的肠子，心里都会多少生出些巴望。我也渴望有一个随便什么破人，将我就地拦下，宛如一个奇迹，以一种我从未感受过的热情招呼我，然后平地起妖风，将我也裹挟到一种卑微的、粗糙的、患难与共的温暖里。这种事儿没什么好说的，我们这个被理论说明着的世界，在实践中，总是会时不时出些故障，事情通常就是这样达到平衡的，就好比，有时候，姓虞的会成为多数。

# 蒂森克虏伯之夜

一

凤凰城的笙歌之夜。包小强托着不锈钢盘子跑前跑后。盘子里站着一支洋酒,芝华士十二年,四十三度。下一趟包小强还得为这支酒端来红茶和冰块。空气中有股酸味,俨然发酵了一般。夜总会里的一切,都在经受酿造。包小强穿着立领衬衫,打着领结,脚上是一双和不锈钢盘子一样锃亮的白色漆皮鞋。漆皮鞋不透气,如此一来,跑一晚上,鞋子里就会积出脚汗,每走一步咯吱咯吱作响。一俟客人光临,包小强便兴奋难抑,暗自吆喝一声:

"少爷,开工啦!"

酒水超市的领班看他将盘子耀武扬威地扛在肩上,不时还花哨地摆弄一下造型,就很替他担心。

"我的少爷哎,别张狂,你托的是几千块钱!"

包小强人来疯,杂耍一般连盘带酒虚掷上去,迅速托住,在惊呼声中,手腕旋转,将盘子和酒运到背后,另只手接着了,再运回肩头。一个喝多了的客人跌跌撞撞地迎面过来,目睹这番表演,恶吼一声:

"好活儿!"

包小强将酒盘收在腹部,弯腰向客人鞠躬致敬。他负责的包厢在楼上,进到电梯里,依然听得到这位醉汉兀自叽叽地在身后鼓掌。观光电梯轿厢内透明的一侧对着夜色,外面闪过一道火球,沉闷的奔雷隐隐滚过。转瞬,兰城特有的、泥点般的雨滴稀稀拉拉地摔打在玻璃上。包小强吹了声口哨,对着电梯按钮上闪烁着的那几颗红字做出鬼脸。

"蒂森克虏伯。"

——这几个字的音韵,乃至笔画,每每念及,都让包小强有种过电的感觉。什么意思呢?在他心里,这几个字囊括了一切与自己家乡沽北镇截然相反的事物,是另一个世界的代名词,具有戏剧性和仪式感,就像他如今的这一身行头。

夜总会里的服务生都是些漂亮孩子,夸张得很,女孩子叫公主,男孩子叫少爷。贵宾五号是包小强负责的包厢。这间包厢特别,其他包厢是按照温柔乡来装修的,贵宾五号截然相反,布置得像个战场,粗犷,冷硬,置身其间,仿佛能够听闻铿锵之声。贵宾五号是专门接待女客人的。否则也不会叫一个少爷来伺候。女客人显然是喝了酒来的,斜倚在沙发里,半醉半醒,一切都交由少爷来打点的样子。

此刻包小强的心情是欢畅的,脚步是雀跃的,觉得自己就是在过着一种"蒂森克虏伯"式的生活。女客人是熟客,一贯独来独往,他已经伺候过几次,掌握了规律——酒是价格不菲的芝华士十二年,加冰和红茶,不唱歌,有时候点了歌,让包小强用沽北镇的腔调清唱,她呢,卧在沙发里啜酒,间或小睡过去。

有过几次经验,他已经摸清了路数,服务起来得心应手。自从做了少爷,包小强遇到过不少凶恶的客人,喝多了发飙的,也没少见识,譬如被人用酒泼了脸。这个女客人倒是难得地好伺候,而且每次都喊包小强来。高丽对包小强说,这个富婆看上你了,她要包你。这话包小强是当玩笑话听的,但心里还是有些窃喜,少爷当得愈发来劲儿了。

进到包厢,女客人似乎睡了过去,头垂在胸前,高跟鞋踢在一边,两只脚踝压在屁股下面盘坐着。她需要来点儿更加够劲儿的。包小强持酒而立,居高临下,又做出了一个隐蔽的鬼脸,像是对着电梯里那几颗无知无觉的红字。作为一个侍者,面对酒意朦胧的客人,他就像是在玩着一个人的表演,在唱一出自娱自乐的独角戏。

接下来他又跑了几个来回,运来了一桶冰,一打软饮,这个配比是女客人的习惯。她喜欢嚼冰,冰块常常被她接二连三地塞进嘴里,咬碎,发出锐利的声音。最后,他端来了果盘。女客人在果盘摆上的一瞬间,突然伸手过来插了片西瓜。这让他吓了一跳,担心自己刚才的嘴脸被对方察觉到了。他立刻变得毕恭毕敬,倒酒,开机,说:

"姐今晚又喝多啦?"

在夜总会里,公主把所有的男客人叫哥,少爷把所有的女客人叫姐。

"姨,"她纠正,"叫姨。"

但包小强却改不了嘴,每次都要从姐开始叫起。

按部就班,她再一次纠正:"姨,叫姨。"

包小强递上一杯冰块加到了杯口的酒,把茶几上的两只骰盅推过去。

"姨,咱还是先吹牛皮?"

"吹牛皮"是骰子的一种玩法,每人五只骰子,摇了之后互相欺瞒,不过是虚张声势、尔虞我诈的那一套,就像人生的缩影。这个姨没有答复,手伸过去径自摇动了骰盅。

笙歌之夜就是这么回事。

## 二

包小强直鼻细眼,头发常年蓬乱,如果每星期能洗上一次澡,模样说得上是好看。但包小强自己去年才明白这一点。他来自一个叫沽北镇的地方,从兰城步行回去,翻山越岭,大概得走个一年半载。一米八的个头,愣头愣脑,在沽北镇成长的日子,包小强也就是个傻小子。沽北镇上的少男少女也早恋,藏身无边麦田,探究男女之事。而今包小强在兰城做了少爷,却还是个处男。在包小强眼里没有女人。别人藏身麦田,他藏身柿子树上。沽北镇到处都是柿子树,大多枝杈平斜,能让他横卧其上,透过密密匝匝的树叶望天。

这么一个小镇少年,具备将来去凤凰城夜总会做少爷的潜质,却颟顸懵懂,身陷民风旷达的沽北镇,不免要让人担心。包小强的老娘在镇上卖凉粉,某日看到儿子洗去脸上的蒙尘,真容毕露,不禁忧心大作,对他激动地吼:

"以后卖布的张寡妇跟前你离远些!"

去年夏天包小强照例躺在柿子树上,手枕脑后,跷着腿,沐浴穿透树叶缝隙的夏日烈阳,幻想某种自己不曾触及也无从想象的玄妙生活。一辆客车顿了顿,撂下一个孤零零的乘客。她叫高丽,是镇上的姑娘。高丽在路边站了一会儿,好像颇感踌躇,突然对自己生长于斯的家乡感到有些惘然。谁都知道,高丽初中一毕业就去了兰城,每年回来那么几次,每次回来都变一个样子,不是眼睛肿着,就是鼻子肿着,等肿消了,就漂亮一截子。一截子一截子这么漂亮下来,高丽就完全换了个人。

高丽提着一只不大的包,却显得有些不堪重负。她夹着胳膊走过来,看一眼树上的包小强,惊呼:

"哎呀你像陈楚生!"

高丽的眼睛肿过之后变成了双眼皮,不仔细看,看不出残留的瑕疵——两只眼睛的大小有些不一致了。包小强俯视着她，首先发现她的胸脯异常挺拔，尽管她有些不自觉地含着胸。

"你的胸肿啦？"包小强快乐地说，"镇上人都说你整形了，每次回来就是等着消肿，眼睛，鼻子，屁股，这回肿到胸上啦？"

"他们说得没错！你看我是不是越来越好看了？"高丽不以为意。

包小强探身看她，看来看去，眼睛里多是挺拔的胸脯。

"我看不出，"他如实说，"但是我还是能认出你，你还是高丽。"

"我当然还是高丽，变成另外一个人我还不干呢。这就是大医院的水平，变来变去，但还是原来的你。"高丽很耐心地解释。

"那你变什么？"包小强说，"你不用花钱也可以变来变去但还是原来的你。你只要等着变老就是了。"

说着他飞快地回忆了自己老娘这些年来容颜的转变：胸塌了，屁股塌了，下巴圆了，眉毛稀了，但还是本来的老娘。

"不跟你说了！屁也不懂。"高丽生气了，要走。

"陈楚生是谁？"包小强在树上向她喊。

"你不看电视吗？"高丽埋头说，"快男呐！"

包小强的确不看电视，很多夜晚他也是躺在柿子树上的。晚上他喜欢躺在镇上邮局前面的那棵柿子树上。那棵柿子树在镇上被誉为树精，树下摆着石条供桌，常年烟火不断。夜里躺在树上，被薄雾笼罩，被香火喂养，让包小强有种被托举而起的滋味，由之换了俯瞰的视角看待黄尘之中的沽北镇，这一望之下，蒙昧的心便要无端收紧，滋长了他想入非非的习气。

"快男是甚？"包小强锲而不舍地追问。

"你把脸洗净了再来问我，"高丽已经走了，严厉地对他撂下一句，"你不洗脸就是丢快男的脸！"

包小强伸手摸把自己的脸，不消说，就是一巴掌的黄土。

在沽北镇，一条狗跑过去，黄尘都要跟着跑上一阵。当年镇上那所师范学校的地理老师言之凿凿地宣布过：沽北镇是地球上黄土最厚的地方！

"晚上来找我。"高丽远远又丢下一句。

包小强继续透过树叶的缝隙望天,渐渐就望出些规律,让人眼花缭乱的夏日穿透黄尘,光柱被他连缀成一张陈楚生的脸。

黄昏的时候变了天。风像是从地下吹上来的,让沽北镇突然变得笔直,树木、庄稼都怒发冲冠,几欲拔地而起的架势。包小强走在去往高丽家的路上。他觉得自己如果不小跑几步,就会被脚下的风送上天去。一个同龄人走在他前面。包小强认识他,他应该是高丽的初中同学,叫王翰。两个少年走在地心钻出的妖风里,身上的衣服都鼓胀成斗篷的模样。他们并不搭话,而且还相互蔑视。一路上既像是逗乐,又像是赌气,一会儿你抢到我前面,一会儿我抢到你前面,就这样轮番领跑。

高丽抱着胸跑出来迎门。高丽的父亲,那个在镇上摆卦摊的怪物,灰头土脸地迎风盘坐在院中,屁股下面是一把沽北镇少见的塑料凹面椅。这把椅子色彩艳丽,摆在黄灰色调的沽北镇,让坐在上面的怪物凭空有了随时要羽化升天的仙姿。

高丽在有意冷待她的同学王翰,作势对包小强格外热情。

"陈楚生,越看越像!"高丽对包小强说,"怎么样,跟我去兰城吧,我介绍你去做少爷。"

"谁家的少爷?"王翰同学抢着问。

这本来是包小强的问题,现在被王翰问了,包小强就有些没来由的鄙夷,好像答案是显而易见的,这个家伙可真是蠢啊。

"凤凰城的少爷。"高丽强调道,"能在凤凰城做少爷的男生,个个都像陈楚生。"

"喊!"王翰同学八成是越听越糊涂了,只能不屑地哼一声。

兰城包小强当然是知道的。一般来说,镇上的人去了兰城就是见了世面的象征。但包小强对兰城没有多少憧憬,那块地方太具体,不在他别致的审美里。包小强更加热衷那些缥缈的事物,譬如变幻莫测的浮云和遥不可及的天空。

"兰城嘛,"他说,"也就那么回事。"

高丽不能接受包小强的态度,要驳斥他,证明兰城绝对不是"那么回事"。高丽摸出一只手机向他们展示。手机里存着许多图片,流光溢彩,或者光怪陆离,那是凤凰城酒色之夜的写照。两个同路而来的少年刚刚还隐含着敌意,在这些图片的逼迫下,突然就有些患难与共的滋味。他们都是走在风里的少年,面对另一个妖娆世界的景致,不由得就有些同声共气了。

"就那么回事,是吧?"王翰同学既是附和,又是探求,眼巴巴地对着包小强问一声。

"怎么样?"高丽的重点放在包小强这里。她和自己的同学可能有些隐秘的纠结,此时很想唤起包小强的肯定,以此来打击这个同学。

"不怎么样,"王翰同学依然抢答,"没啥了不起。"

"好啊——"包小强悠长地吁了口气,终于承认说,"这地方真不错。"

"你瞧!"高丽满意了,"这就是凤凰城,我就在这儿当公主,你不想来这儿当少爷吗?"

王翰同学料不到包小强转瞬就变了节,气愤地说:"屁少爷,不就是伺候人嘛!"

高丽生气了,吆喝道:"走走走。"

包小强很配合地替王翰同学开了门,躬身做出请便的姿势。王翰同学跺下脚,发狠离去,一出屋门,便仿佛被风发射了出去。

"哎哟!"高丽对包小强大惊小怪地说,"你真是个做少爷的料子。"

包小强的老娘在镇上卖了十几年的凉粉。从小,包小强每天至少有一顿饭靠凉粉打发。凉粉不顶饱,放开肚皮吃,也不过像是喝了一肚子的水。结果包小强被凉粉喂养出了与大部分沽北镇少年迥异的气质,貌似水做的。老娘并不指望包小强有多大出息,她已经有了计划,准备将卖凉粉的事业做成家传的。听明白包小强要去兰城做少爷,老娘就勃然大怒。

"屁话,不准你去。高丽在兰城做甚?镇上人哪个不知道!噢,那就叫公主?老娘卖凉粉把你拉扯大,为的就是把你送到兰城伺候别的女人吗?叫得好听,还少爷呢,你要是少爷我不就成太太了?我不是太太,你娘我只是个卖凉粉的。"

"我就是想去凤凰城,"包小强申辩,"我还没进过夜总会呢。"

"你没进过的地方多着呢。"老娘很机智地反驳,"监狱你进去过吗?没进去过就一定要进一下?"

"说不准,"包小强对老娘的应答感到很吃惊,心想这个女人像她的凉粉一样滑溜嘛,他说,"要是有机会,我就进一回监狱。"

"什么说不准,准准的。"老娘说,"你不听老娘的话,保准就是要进监狱的。镇东康家的两个儿子,不就在兰城被关起来了吗?这你都知道的。高丽要不了多久也会被关起来,不信你走着瞧。"

"那我就跟着她去瞧一下,看你说准了没有。"

包小强本来并不是那么坚定,但这么说来说去,倒说出了义无反顾。

"你去,你去,你进监狱了可别指望我去给你送饭。"

"不送不送,凉粉我早吃腻了,你千万别再给我送。"

"好,我不管了,"老娘最后说,"这事你跟包国祥说去。"

包国祥是包小强的爹,在这个家从来没有什么地位。

"我问他干啥,"包小强说,"我不问他,他肯定不是我爹。"

"啥意思?"老娘惊得差点坐在地上。这个意思在沽北镇已经不是什么新鲜事了,风传了这么多年,但今天从儿子嘴里说出来,还是让她吃惊非小。她说:"是张寡妇跟你嚼的舌头吧!"

"还用别人嚼?"包小强雄辩地说,"他包国祥能生下个陈楚生?"

包小强跟着高丽到了兰城。凤凰城的领班是个中年女人,包小强觉得她长得像沽北镇上卖布的张寡妇。领班对高丽领来的这个老乡很满意,说着话不禁伸手在包小强脸上拧了一把。连这个动作也像卖布的张寡妇。

原来做一个少爷并不是很难的事,不过需要嘴甜腿快而已,关键是只要你长得像一个陈楚生。包小强天性里有乖巧的一面,凉粉喂大的嘛,一切都没有问题。只是在高丽看来,他有点儿傻里傻气,还嘚瑟。高丽看着穿上了立领衬衫、打上了领结的包小强,教导他:

"你多长个心眼,别让客人占了便宜。"

包小强觉得高丽说话的腔调像他老娘。他对新环境挺适应的，从漫天黄土的沽北镇一脚踏进了这番天地，谁都会有些喜不自胜。包小强并不是一个虚荣心很强的少年，他不过是喜欢这种梦幻一般的场所，喜欢立领衬衫和领结，喜欢穿着漆皮鞋跑出一身汗来的那种假模假式的情绪。马上有人告诉他，新来的少爷往往会碰上好运气。这话包小强听得似懂非懂。客人们千奇百怪，而且大多疯疯癫癫，有时候对包小强的态度很恶劣。但包小强能适应，他觉得自己置身在一出戏里，不过是在扮演一个角色。业务很快他就熟练了，也知道怎么讨好客人，怎么设法诱导客人消费昂贵的酒水。

第一个月包小强领了三千多块钱的薪水。多吗？他没有什么概念。包小强来凤凰城，不是冲着钱的，他只是厌烦了躺在柿子树上迎风吃土的日子。

高丽下一步计划收拾一下自己的腿，她嫌自己的小腿粗。包小强和高丽负责的包厢不在一个楼层，两个人一天见不上几面，经常是在那部观光电梯里碰头，各自托着一只亮光闪闪的盘子。公主们的工装是短裙，头上还扎着兔子耳朵一样的发结。有一回两个人又撞在一起，电梯出了故障，暂时停住不动了。

"正好，可以歇一会，脚都跑疼了，腿都跑粗了——看你干得这么欢实！"

"原来你还会说沽北话嘛。"

有人在外面维修电梯，电梯按钮发出蜂鸣，将他们的目光吸引过去。包小强就看到了那几个闪烁的红字：

"蒂森克虏伯。"

"啥意思？"他用沽北话读了一遍，拗口，好在没念错。"蒂—森—克—虏—伯。"

"电梯牌子呗。"

包小强觉得自己有些微微发晕。这几个字的音韵与造型，有种奇幻的力量，在他脑子里回旋一周，就让他仿佛回到了家乡的柿子树上。那时候他攀树望云，胸中一股无法说明的情绪，原来居然可以落实在这样几个稀奇古怪的字符上。

"这个富婆看上你了，她要包你。"

透过玻璃，高丽看到了包小强的那位常客，她正在楼下泊车。

"她包我干啥？"

"你回沽北镇问张寡妇去。"高丽对着电梯的不锈钢内壁照自己的腿,心里想等到把腿也收拾了,自己兴许就会被包出去了,"不过你还是机灵点儿,这些城里女人可说不准。"

"你操心自己好了。《斯琴高丽的伤心》你会唱不?"

《斯琴高丽的伤心》是一首歌的名字,包小强现在熟悉很多流行歌曲。他觉得这首歌就是唱给高丽的,歌里唱道:太多太多突然的诱惑总是让人动心,太多太多未知的结果总是让人疑问,回想童年天真的时候真是让人开心,这是斯琴高丽的伤心。

高丽说:"会唱。但我是高丽,我不是斯琴高丽,我的伤心和她的伤心不一样。"

也真是不一样,歌里斯琴高丽的伤心是"每天都有太多电话真是让人伤神"这些事,而来自沽北镇的高丽,如今跋涉在从头到脚重塑自己的征途上,要严峻得多。高丽已经摸清了钓到大鱼的所有规矩和门道,眼下的当务之急是要让自己成为一疙瘩合格的诱饵。

电梯门开了。包小强神采奕奕地走出去,自觉是走进了一种"蒂森克虏伯"式的生活里。

一年来包小强一次家也没回过。高丽很照顾包小强。包小强打算把自己挣下的钱存到银行里去。他们过的是昼伏夜出的日子,夜总会为他们提供了集体食宿,所以这笔钱包小强算是省了下来。高丽陪着他一起去银行。白天他们很少上街,要么睡觉,要么纠集起来一边玩扑克,一边鄙夷地议论各自经历过的一些客人。

兰城夹在两座山之间。废气与浮尘悬聚在半空,经年不散,比沽北镇漫天的黄土更多了些黑灰的浑浊,像一张蒙在头顶的羊皮纸。

"还不如沽北镇!"高丽如此评价。

"你还变得这么娇气,"包小强不以为然,"那你回沽北镇好了,要不,有本事你就到蒂森克虏伯去。"

这句话说得有些没头没脑,但逻辑是清楚的,包小强将世界无意中划分出了三种境界:沽北镇——兰城——蒂森克虏伯。这是一个递进的序列,一步一个台阶,最终才是那个他臆造的最高象征。

"呸,嘴里胡咕噜什么。"

高丽听不懂包小强的话。连他自己都觉得有些莫名其妙，很惊讶那几个字会从自己嘴里冒出来，也很惊讶自己随口就说出了真理。

到了银行门口，高丽却不进去了，指着银行的招牌对包小强说：

"你念一下。"

"工商银行。"

"念下面的字母。"

"I—C—B—C。"

"懂了没？"

"啥意思？"

"傻货，就是'爱存不存'，你拼一下。"

"哎呀，还真是的嘛。"

"你说，把钱存到这种银行有意思吗？你说？"

"呃，是没意思，我就不爱存咋了！"

"就是，你不如放在我这儿，我替你存着。"

包小强就把自己这段日子做少爷攒下的钱全部交给了高丽。

"你要是回沽北就交给我妈，让她别摆摊子了，开个凉粉店。"包小强说。

高丽只是打量自己的腿。

在街上包小强买了部手机。这时候高丽已经替他掌管支出了,选来选去,为他选了部三百块钱都不到的。

"你要省着些,"高丽指点他说,"你不要以为你是个消费者,咱们都是被这个世界消费的。公主,少爷,都是消费品,懂不?"

包小强觉得这话也很深奥,和自己说出的"蒂森克庯伯"有一拼。

第一个电话当然是打给家里。老娘在电话里当然要问他挣了多少钱。包小强却突然有些赌气,说自己身无分文,现在连一碗凉粉都吃不起。这下老娘可高兴了,连连说怎么样,怎么样,被她说准了吧!好像他这个做儿子的穷困潦倒反而是一件令人欣慰的事。包小强挂了手机,骂道:

"闭上你的鸟嘴。"

高丽笑一阵,突然换了神情,用一副可被称为温柔的态度对包小强说:

"换双鞋吧,给你买双真皮的,发的鞋都是人造革的，不透气，能捂出脚气来。"

包小强在心里也回了一句"闭上你的鸟嘴"。她刚刚还教导人不要以一个消费者自居，转脸又来这一套，实在让人吃不消。

## 三

包小强"吹牛皮"吹得并不好，不过是因为女客人带着醉意，所以他反而赢多输少。芝华士十二年被喝下去大半瓶的时候，女客人突然扔了骰盅，目不转睛地瞪着包小强。起初包小强还能赔得住笑，但被瞪得久了，就有些害怕。

"你过来。"女客人命令。

包小强蹭过去，垂手站在她面前。她拍拍沙发，包小强坐下去。她塞了块冰在嘴里。塞进嘴里之前，先是将那块冰捏在眼皮前怒视了片刻。塞进去后却不咬嚼，含着，将一侧的腮帮子顶出一个钝角。接着她蜷起两根手指，指关节形成一个钳子，拧在包小强脸上。包小强的脸随着她的手指转动，直到必须和她面面相觑。

"姨。"他叫。

"姐，叫姐。"她含含糊糊地纠正，"姐好看不？"

"好看，姐是美女！"这样的话包小强已经说得很顺溜了。

脸蛋被那只钳子扯动着，包小强凑在了她的眼皮下。成熟女性的气味混在酒气中让包小强心里不由得有些荡漾。她的一条腿搭在了他的腿上，手指使上了劲。包小强被拧疼了，眼睛里女人的唇角被嘴里的冰块顶出很深的褶皱，犹如他妈的老柿子树皮。这是要演哪一出？正没主意，女客人突然泄了气，向后一扬，貌似昏了过去。

"姨——姐，姐？"

包小强揉着脸蛋试探着叫了几声，没有回应，便站起来，对着瘫躺在沙发上的女人，抬腿摆了一个作势践踏的动作。屏幕上正在播放舞曲，音量被调得很低，动荡的光影将她的脸映照出一种合金般的色泽。包小强一瞬间有些空落，这种感觉来势凶猛，让他一下子有些木然，不知今夕何夕，身在何方。包厢门开了，领班示意他出去。

走廊里不时有跟跄的客人经过，两个人贴着墙根说话。

"高丽呢？高丽哪儿去了？"领班问。

"不知道啊。"包小强想一想，原来自己有好几天没见到高丽了。

"打她手机也不接，你给她打一下。"

包小强摸出手机打给高丽，手机是通着的，果然没人接听。

"死哪儿去了！"领班在发脾气，"骗了好几个少爷的钱，你也让她骗了吧？"

包小强有些冒汗。他并不是非常在意自己的钱，是这件事让他有些接受不了。

"她去收拾腿了！"包小强分辩道，好像是在替自己辩诬，"她收拾好腿就回来了，肯定的！"

"做梦去吧你。"领班说着伸手来拧包小强的脸。

包小强却恼了，一巴掌扇掉了那只迎面而来的手，转身回了包厢。

女客人还睡着，裙子翻上去，两条裹着黑色丝袜的腿像是塑料的。包小强给自己倒了杯酒，慢慢喝了，然后又倒上一杯，看着冰块在酒水中开裂时泛出的泡沫。直到剩下的半瓶酒全被喝光。他觉得自己有些晕了，凑过去，不知所以地端详女人那张睡梦中的脸。在包小强眼里,女人基本上是没有美丑之别的,她们看起来都差不多,尤其化了妆后,就更加空洞了。此刻包小强生出探究之心,埋头贴近,意欲进一步审视。孰料睡梦中的女人扬手便给了他一巴掌,差不多可以算是个辛辣的耳光。

女客人翻身坐了起来,木然扫视一圈,也是不知今夕何夕身在何方的架势。她把脸埋在两只手里,搓一搓,声音飘忽犹如梦呓,对包小强说:

"跟我走。"

夜总会的公主和少爷常有被客人带走的,包小强却是头一遭。他觉得无所谓,也很想见识一下究竟是什么状况。女客人结了账,他要求去换身衣服,却被阻止了。

"穿这身挺好的,"她说,"像戏服。"她出门时又含了一块冰,包小强似乎可以听到她口腔里冰块融化时发出的噼剥之声。

下楼的时候,电梯里那几颗红字再一次打动了包小强。那几颗字看起来就像它们本身一样:蒂—森—克—虏—伯,汉字,却充满异国派头,毫无意义,又意味无穷。

已经是后半夜了。包小强平生第一次坐进了一辆轿车。女人命令他系好安全带，否则车子会一直报警。他大方地坦白自己不知道怎么个系法。女人像瞪一块冰似的怒视了他一阵，爬过来亲自动手。包小强快活地叫了一声，感觉自己是被捆住了。

街上的路灯间隔一段就会像根闷棍似的扫过车厢。女人车开得很稳，不像是一个刚刚还酩醉不醒的人。她摸出了一副玳瑁眼镜架在鼻梁上，始终一言不发，僵硬地夹在方向盘和座位之间，仿佛一尊木偶。刚刚下过一场泥雨，挡风玻璃上污渍斑斑，女人却并不打开雨刮器，就这么视野一片肮脏地驾驶着。车厢里有什么东西滚落，一路上叮叮当当作响，可能是两只滚来滚去的易拉罐。

包小强有些暗暗的兴奋，又有些昏昏欲睡。女人莫衷一是的态度感染了他，让他也不觉得此行会有一个什么明确的目标。在他的意识里，这就是一个"蒂森克虏伯"式的梦态之旅。女人一路无言，嘴里偶尔发出嘎巴一声。那块冰似乎可以被她嚼一辈子。车子很快驶离了市区，驶过一座收费站，蛇游一般穿过一条隧道，开上了高速公路。

即使视野模糊，包小强也感觉得到车子飞驰的速度。

他觉得这么开下去，天亮的时候就能开到沽北镇了。这种奇思异想让他松弛起来，摸出手机旁若无人地拨打。他先是拨通了家里的电话，只响了两声就挂断了，猜想着老娘被惊醒时披头散发的蠢相。接着他开始一遍一遍拨高丽的手机。还是无人接听。让他满意的是，高丽手机的彩铃正是那首《斯琴高丽的伤心》。每次只唱一段，周而复始：太多太多突然的诱惑总是让人动心，太多太多未知的结果总是让人疑问，回想童年天真的时候真是让人开心，这是斯琴高丽的伤心……

包小强想高丽的腿现在一定是肿了，这是高丽的伤心。继而他又想，自己这样就算是被女人包了吧？那么这就是他包小强的伤心。

车子开始颠簸，原来女人已经驶离了高速公路，开到了一段俗称搓板路的乡村公路上。

"这是去哪儿？"包小强终于忍不住打问。

车子骤然急停。好像是包小强的这句话踩下了刹车，好像女人一直就等着这句话，他如果不说，她就会永无止境地开下去。

"下车。"女人简短地发出两个字。

但是包小强动弹不得。半天女人才明白个中原委，伸手解除了他身上勒着的安全带。包小强侧身钻出车门，站在路边舒展自己的腰肢。不料车子却重新启动了。一把钞票随着女人神经质的大笑从车窗里撒了出来。包小强有些犯傻，怔忪地看着车子甩着泥浆扬长而去。四下里一片阒寂，就着星光，满地的钞票给人造成遍地开花的错觉。呆立良久，包小强嘴里胡乱骂着，还是附身去捡拾那些钞票了。雨后的乡村公路一片泥泞，那些钞票像是种在泥浆里了。他依然不是一个对金钱如何着迷的青年，但满地的钞票就是这么霸道，让人只有弯下腰来。

一道强光打过来，明晃晃地将包小强罩住。那辆车又回来了，停在百米之外，却没有熄火，将大灯打开对着他，像一头蓄势待发的怪兽，哼哼着。包小强一只手捧着钱，一只手挡着刺眼的光柱。他万万不会料到，这辆车会开足马力向他横冲而来。强光扑面，和着发动机的轰鸣，车轮下泥浆翻飞，还没到跟前，包小强便觉得自己已经被提前撂翻了。他哇哇大叫着滚向一边，感到车轮几乎是贴着自己的后背擦身而过。惊魂未定，车子又倒着直撞过来，他连滚带爬地再一次扑倒。如是几个往复，直到他的左脚被车轮扎扎实实地碾压过去。得了手的女人这才大笑着放过了他,车子不再回头地消失在黑夜里,留下笑声的余波良久回荡。

包小强深信自己已经死了一回,现在不过是身在另一个世界的黑暗里。他的左脚带着上一辈子粉碎性的伤痛,让他即使隔世,也不免痛彻骨髓。挺奇怪的,此刻他并不怎么痛恨这个乖僻的女凶手,只觉得是自己的腿太长了,才无法有效地躲开车轮。好像倒是他的脚,垫了人家的车轮一下。他的左脚根本沾不得地。他试图脱下脚上的那只白色漆皮鞋,但那只鞋如今已经和那只脚浑然一体了,要脱下来,不啻剥一层皮。他只有单脚跳着走,一边跳,一边痛得嗷嗷叫。路面的泥不断让他四脚朝天地栽跟头。好在离高速公路并不远,没用多久他就翻过了护栏,倒头摔在平整的路面上。

这时候他才发现,即便如此,自己手里依然还攥着一把湿漉漉的脏票子。果然像高丽说的,他想,自己不过是这个世界的消费品,只是今夜被消费的方式让人有些匪夷所思罢了。

他扶着公路的护栏向前蹒跚。巨大的货柜车呼啸着从身边驶过。夜晚的高速公路危机四伏,宛如一条杀人的流水线。实在蹦不动了的时候,他坐在路边,靠着栅栏拨通了家里的电话。

"谁!"老娘一夜之间被吵醒了两次,不免怒火冲天。

"我问你个事,"他说,"你老实告诉老子,包国祥是不是包小强的爹。"

这个问题的邪恶让老娘竟然没有听出他的声音。沽北镇上这位卖凉粉的妇女,在这个夜晚犹如听到了魔鬼的诘问。

"你是谁咯……"

老娘颤颤巍巍的声音让包小强一阵无端的快活。他在一瞬间理解了那个女客人,理解了她盎然的兴味和纵情的欢笑,理解了某种"蒂森克虏伯"式的存在原则,这一切,不过源自一种恶意消费这个世界的快感。小镇青年就这么得到了淬炼。他在笑声中挂了机,把黑暗的惊悚留给老娘。继而他又拨了高丽的手机。出乎意料,又好像是在意料当中,一段歌词没有唱完,高丽就接听了。

"打打打，打什么打！你烦不烦，不就是几个破钱！别人的我不还，你的我能不还吗？"高丽用沽北腔暴躁地发火。

包小强一言不发地听着。一辆油罐车呼啸而过，轮胎摩擦出瘆人的声响。路面跟着震颤，像一根隐隐呼扇的扁担。脚上的痛加入了刺痒的成分，让人更加不堪承受。

"你在什么鬼地方？"电话那头的高丽听出了异样的动静。

"蒂森克虏伯，"他脱口而出，"老子在蒂森克虏伯！"

这几个字被他说得强劲饱满，一如那扎扎实实从他脚面上碾压而过的车轮。

收起手机，他呜咽着重新上路。天空缀满繁星，路面平展，世界是一条坦途。一块路标用反光漆隐约标着前方的地名。不管那几个字是王家洼还是李家沟，纵使它倏生倏灭，在一个不认可世界已然如此的青年眼里，此刻，就像躺在家乡沽北镇的柿子树上一样，他既然可以从夏日的光柱中杜撰出一张陈楚生的脸，那么，他就能将那块路标上的指示臆造成某个未卜的去处，譬如，蒂森克虏伯。

附录

# "失序者"的出离与复归（节选）

贺嘉钰

    埃贡·席勒曾让一枝酸浆长在他的自画像中。那是一九一二年，四颗饱满艳红的果子之侧，是席勒一贯傲慢又坦白着情绪的目光。植物在他的画中并不常见，而这一株还另有名字，英文叫作Chinese lantern（中国灯笼）。八十年后，遥远中国一位男青年进入美术学院，他后来作为小说家为人所知。在他早年的两部长篇里，主人公和整部作品似乎都无限地接近席勒自画像中那种怪异又安然、悻悻又自爱的气质。

    小说家是弋舟，埃贡·席勒是他多年来保持着"稳定喜爱"的艺术家。

很容易在起笔时这样开始,"弋舟,当代中国文学七〇后最为令人瞩目的作家之一,祖籍江苏,生长于西安,久居兰州……"如此表述尽管未尝不可,但我忽然意识到某种危险,某种滑向被最大公约数所笼罩的懒惰,某种对个体独异的怠慢,而那正是体贴文学所忌讳的大而化之。"生长地域"也许天然地为解释书写气质提供来路,但"迁徙"成为弋舟在出生前就被注定的命运。尽管论者与作家本人都确认着他文本中的"南方气质",但对故乡的无从指认反而使他患上了更普遍意义上的"怀乡病",而做一个永远的"异乡人",似乎也更接近理想写作者的状态。在弋舟这里,"故乡"比起指向地图上可被标示的某一处,更类似于一种怀旧情绪,它着眼于时代与生命的理想状态。

一九八五年,少年弋舟在课堂上怀着期待被人察觉的紧张与骄傲,读黑格尔。他以"连囫囵吞枣都算不上地翻开《小逻辑》"这一"荒谬的事实",为自己文学河流立下一处"作为起点的航标"。一定是读不懂的,但那种不知所云的表述与怪异迷人的语言方式,成为他趣味的启蒙。语言如此排列将唤起它的信徒对于模糊、遥远、陌生的美的认同,它不可名状,忽然而至,却好像早已根深蒂固。这个时间点,正是先锋文学酝酿着风暴的前夜。第二年,十四岁的弋舟在吕新的处女作《那是个幽幽的湖》中确认了自己与某种文学气质的投契,自此,追读《收获》《花城》与先锋文学作品成为自觉。弋舟学艺术出身,是因为"从小就被往那个方向塑造了",从绘画的专业训练荡漾到写作,或许多少解释了后来诞生于他小说中的迷离的色块感,以及凝固瞬间的叙事方式。

简要掠过作家早年可被辨识的文学脚迹,不过是想为进入他正在流淌的文学河流提供一处落脚的方便,但似乎有些徒劳。弋舟早期的创作与发表存在较长的时间差,就所能读到的最早文本《跛足之年》看,第一稿完成于一九九九年,而出版已是十年之后。弋舟回忆,"《跛足之年》是手写的,写完就放在一边了,过了几年整理柜子翻出来了"。另一重要长篇《蝌蚪》发表于《作家》杂志二〇〇六年第九期,二〇一三年由作家出版社出版。以长篇为创作的起点,于弋舟,大概更是一种文学抱负,他选择在一开始就做一件更加"文学"的事情,不取巧,不一时兴起，不降低志趣的难度。

《跛足之年》完成后被作家搁在一边，十年后方才修订出版。其间，《蝌蚪》游弋而出。按弋舟的说法，《蝌蚪》几乎就是因着"一篇作文"与"一首诗"，往前游去。褪去了支棱在《跛足之年》里的青春胡碴儿，《蝌蚪》的叙事技艺更为圆熟，那些粗粝的时而硌你一下的不管不顾在逐渐脱落，以更为聚焦和克制的方式讲述了少年郭卡的成长与孤独。少年郭卡目睹父亲郭有持持刀跋扈于十里店的暴力，目睹母亲决意的逃离，目睹父亲的情人徐未在被损坏的生活中昂扬求生并终于毁灭，他已惯于品尝十里店漫山遍野的疯狂与暴戾。当他从十里店到兰城，在与世俗种种喜悦忧伤遭逢后，在无法走出父亲持刀的影子并鬼使神差将他置于死地后，他终于长成"文明不再困扰我，野蛮不再困扰我；女人不再困扰我，男人不再困扰我"的雌雄同体的蝌蚪一般的生命存在。作为一部成长小说，《蝌蚪》在讲述少年成长的同时，敞开了个人如何成长为自由人类的可能。

《蝌蚪》的完成为弋舟的写作河流堆出一座岛屿。这座岛盛放着三层地理空间，它们彼此错叠，共同构成蝌蚪从蒙昧游向整个世界的起点。对一个在出生前就完成迁徙且始终怀有"异乡人"身份感的作家而言，这一小块诞生于他思想的陆地，几乎可被视作故乡。"当我以小说的方式勾勒出十里店——兰城——岛国这么一个递进而又循环往复的空间时，我充分感受到了唯有写作之事才能给予我的那种象征性的慰藉。于是，小说的逻辑建立起来了，徜徉其间，我宛如回到了故乡，觉得自己就是一个合理的人，一个不尴尬，跟谁都能交代得过去的人。"显然，"故乡"于此已超越一处具体的地理所指，而成为作家精神的归依地。除过兰城这一稳定处所，弋舟的文本世界总体上取消对一地一隅的细描，他深耕的是人心沟壑，是灵魂对望时叩在心上的位置。

与很多成长小说相似，《蝌蚪》也可粗线条理解为少年的成长以最后的"弑父"而完成，不同的是，作者极少直接处理父子关系。郭有持的横行与暴力并非坚不可摧，他几乎只是因为被煤贩子"啐了一口"而萎下了嚣张气焰。煤贩子的到来打破了十里店长久的封闭，被郭有持执掌的十里店是前市场经济中的失乐园，而那些煤贩子"腰包里鼓鼓囊囊地塞满了钞票"，他们与它们的侵入，意味着金钱逻辑在现代社会成为最具权力的"刀枪",另一种"野蛮"以"文明"的方式击溃了原始野蛮,伴随着郭有持失势与老去的,是一个时代的一去不返。

而将《蝌蚪》放在整个中国当代成长小说的谱系中来看,它的勇敢与先锋也令人耳目一新。从少年成长到人之独立,《蝌蚪》更关心人如何完成自我。回溯童年,郭有持以"刀枪"为逻辑对十里店开口说话,郭卡作为地霸儿子却领受一个尴尬身份,众人怕他,不因他是"少爷",而因他是"怪虫虫"。这条怪虫虫无时不对体面、优雅、文明的生活保持向往。"我认识到:原来我发奋读书,千辛万苦地把自己塑造成一个兰城人的模样,其实根本上就源于那一个动力,那就是,用一种文明的、非菜刀的方式,去战胜野蛮与荒芜。"而最终怪虫虫真正感到作为人之完美与从容,源于管生,一位具有预言家气质的同性伙伴所给予的安慰。诞生于他们之间的同性之爱"外人永远不会明白。那其实也没什么玄妙,就是地地道道的纯正的柔情,我只是感到无力为之申辩"。然而,在经历了成长,在获得了文明与体面的庇护之后,郭卡们依然要被对这世界知之甚少甚至一无所知的恍然感击中。当"对于文明与野蛮偏见一般的标准已经瓦解",成长是否依然必要?真正的成长又应被如何定义?蝌蚪该向哪里游去,变为青蛙,抑或蟾蜍?罐头瓶中的蝌蚪无意于挣扎,郭卡却可以从琥珀样的存在中看到生命的局限,那"一群古怪的孩子"必将"融化在挫败、遗弃、惊愕和孤僻中",这是宿命,是蟾蜍与青蛙,是郭卡、管生、庞安之辈都无力抗争的,他们都被生活中突如其来的不可理喻碾压过,也将被冰冷的火车载往未知之地。我们似乎隐约看见了从灰色叙事深处升起的那双无形的操纵一切的大手。

苏童曾做过这样的类比,"短篇是唱诗的过程,长篇是自我施洗的过程"。以长篇小说写作为窄门,往文学长河里淌去,《跛足之年》《战事》《蝌蚪》之外,弋舟写下了百余篇中短篇小说。正是在这些中短篇的营造里,一位作家发出了这个时代里独属于他的声音。让我们粗略地掠过他的一些故事:《夏蜂》从一开始就酝酿着颠簸和不安,充满中国式的凄凉与辛酸;《平行》写独居的老人,把生命和时间挤压到一个点来书写,孤独显得无助而尊严;《雪人为什么融化》细描暴虐的发生与暴虐的形态;《会游泳的溺水者》关心人与人之间微妙又脆弱不堪、不可道破的亲密，人应当直面生活中那稍纵即逝但充满命运感的时刻，作家将一种颓丧处理得别具美感；到《随园》，叙事展开地更为平缓，杨洁两段过往回忆，真是人生流丽，文字的节奏和故事本身会让读者感到有什么在沉缓下来，目睹他们的心灵成为废墟，可废墟上还要盖房子，还要再建筑，最后，所有人都可以从容去拥抱生命里的废墟。

弋舟的中短篇往往洋溢着某种"洋气"，说"洋气"，是我们潜意识用他生长生活的地域来想象他的写作风格，但如果作家在十多岁时就抱着《小逻辑》而不明就里地着迷，在今天依然对克里姆特和埃贡·席勒的维也纳分离画派，保持着比较稳定的喜爱，我们似乎就没有理由认为弋舟是"洋气"的，他本该如此。但且慢，一位写出了《桥》《安静的先生》《随园》的作家又怎么可以用"洋气"偏狭地概括？事实上，"现在看，我对古典艺术与现代艺术，有一个非常均衡的喜爱，两者没有任何一方占据丝毫的上风"。那么，弋舟的写作，特别是中短篇的独异性，到底在哪里？我们不妨扒着文本的门缝往里看一看。

首先，弋舟的作品总是存在一个清醒、自省的叙事者本人。他在讲故事的同时塑造了一个"讲故事的人"，那个几乎无处不在的叙事者。弋舟的中短篇大都呈现出一种优雅仪态，即便是关于潦倒与破损的生活，也会让我们认出其中优雅。那些叙事者经历生活，在拥有对生活准确表述力的同时，他们思索，或是在经历之后惯于反思，在思想里反刍生活当然就会奔着哲思去，他们让生活本身成为进入自我与世界的媒介。这一叙事者或许可以称作小说的"心灵"，他们"意识到自己的内心活动，这种内心活动就变成自己的对象。心灵既是认识主体，又是认识对象，这样它才是自觉的"。这一"惯于自省的叙事者"成为我们理解弋舟小说的另一条门径。但自我参与度太高，作家的影子太深，一个自觉叙事者的存在是否会成为写作的某种桎梏？弋舟也在突破。从青年人到中年人、老年人，从男人到女人到儿童，弋舟叙事的切入声音日益呈现多种音色，他关心唱法，但更关心的是唱什么诗。

其次，因为叙事者的反思理性，他的小说易见"凝固瞬间"。叙事者时常在故事的推进中摁下暂停键，用思想凝视，使对岸的我们遭遇一个主体凝神的时刻，如看一幅自画像。不同故事中的叙事者发出的声音，完整地构成了"作者"，这就如同画家为自己画像，所有线条、颜色以及力量的处理方式，所有从画面望出来的目光都在告诉这边的我们，他们看到了一个怎样的世界。被呈现出的自我，是作家与画家在处理了世界的庞杂之后，永恒地目睹着这个世界。是他们在注视，注视着我们注视他们；是他们在讲话，以沉默的言语向我们的目光索要答案。在叙事的流动中随手摁停，一个动作定格、凝固，属于这个动作的思想开始舞蹈。弋舟小说中的智性一部分来自于"悬置"，他将生活中的多意瞬间剥离出来，使它们静置半空，处在一个被周身打量的位置上。这些瞬间出离于情节，但几乎不打扰故事的流畅，思想时刻使故事本身具有了诗的气质。弋舟的小说有一种在瞬间上盘桓与耽溺的品质，这使得时间本身与感受时间的方式在他的表述中被重新定义，而文学的表达的确会改变我们对时间的感知。瞬间可以恒长，久远可以转瞬。在弋舟这里，他格外擅长对瞬间的挽留，一种在"瞬间"上的踟蹰使文字具有了"致幻"能力，我们因此被赋予新的感受时间的方式。时间在小说里不体现为线性流淌，它将从四面八方涌来。这让他的小说常有一种"定格感",他会故意绕着弯说话,在叙事完成之后,同时完成了风格。

最后,是对"物"的摩挲。弋舟小说时常存在两种"物",一种能推着故事往前去,另一种并非显在,却是思想的琥珀。《随园》中有白骨,但作为亘古提示的是雪山;《所有的故事》中有锦鲤,而女孩怀抱的玻璃鱼缸更接近人之脆弱;《夏蜂》中有蜂群,但可乐瓶由"安慰剂"的装载变为"漂浮"的虚空,并同时成为男孩与母亲依存关系的表达,更不必说《碎瓷》中的碎瓷、《跛足之年》的抽屉作为故事与情感的结晶而存在。而所有对"物"的体贴中,最动人的,在我看来是《蝌蚪》中郭有持背包里的"地图"。在狙击手将绑架人质的郭有持击毙后,郭卡从一只背包重新认识他的父亲:

> 郭有持那只鼓鼓囊囊的双肩包被警方发还给了我。里面果然有些内容。分别是:一套内衣,洗漱用具,一只轻轻一拨就转动不已的滚轴,一副圆坨坨的茶色石头镜,七八千块钱。动身之际,它里面应当还塞着一把菜刀和一支蛇头虎尾的土枪。这些都不足以令人惊讶,它们各有来历与渊源,不过是往昔岁月的佐证。令我惊讶的是,包里

还有一幅折叠起来的世界地图,地球在上面像一个屁股般的被分为两半。这幅地图令我失神。如果这行囊中的其他物品勾连着郭有持的过往,那么,这幅地图,却昭示着郭有持的未来了。这把老镰刀,他随身带着一幅世界地图,这就让背起行囊的他一下子显得辽阔悠远。他在憧憬什么?在遥望什么?憧憬与遥望,将把他穿着登山鞋的脚带往何方?

这一背包的"物"就是死者留下的最后打量世界的目光。一个以暴力与世界对话的人因为这一张地图,突然现出此前从未有过的无害甚至温柔,但正因这一张地图,指向未来的可能与时间被彻底而具体地取消了,它带来的幻灭感将比死亡的抵达更为沉重。这样的存在之"物"在弋舟小说中几乎可以被不知疲倦地罗列下来,"物"如锚一样固定住漂浮的情感船只。弋舟对物的处理没有单纯停留在对隐喻的把玩上,"物"在具体语境中成为"障碍物"或"保护物",人与某种具体物那种幽魅的联系成为人与外在总体关系的一种投射。

没有谁要求一个写作者必须看见他的时代,但作家对人类的深情恐怕就是人间冷暖于文字中复活时,它们将被什么样的目光注视。除过《势不可挡》是一篇幻想指向的小说，弋舟其他中短篇作品都是现实主义这棵大树上的果子。但是，他的现实主义创作又显然不同于文学史上的"现实主义"，他所寻找和力图把握的，是现实精神气质，是呈现这个时代的"心灵现实"。一个故事能多大程度上解释这个时代？对时代的理解，作家的取材与讲述是否天然正义？诚然，一个以书写时代为志趣的作家也并非在所有表达中都内设时代指向，特别当他还是"一个相信生活中充满了隐喻和启示的人"，他更为关心的，恐怕是对于人类永恒困境的探知与描述。用作品抵达当代人的困境极为困难，这个困境超越地域种族，属于作为人类某一时段共同体的"当代人"。我们置身其中，几乎对准确叫出困境的名字都没有把握，我们对于当下，对于日复一日的日常，对于科技、进步与文明，真的具有反思能力吗？弋舟在写作中试图完成这样的抵达，并找到反观的方式。

写作就是作家用思想世界兑现这个现实世界，同时，所呈现的也是周遭世界在如何倒逼他、凝视他。如果为作者的叙事寻找一个动力，那就是孤独，是对孤独的辨析与克服。人要冲破孤独,像一个拳手,面对无物之阵,与空茫搏斗。这也是弋舟为自己设置的难度。他一再执着于讲述的实在是一个古老的话题。在处理了年轻人的茫然、中年人的恹恹之后,作家多次书写老年人的孤独,老无所依与无名悲怆。在关心"空巢"老人的另一边,弋舟还钟情某种"无用的忧伤",而这"无用的忧伤"往往落实在某个"胖子"的身上。作家看笔下的"胖子"总有一种复杂的体谅眼光,他将两种看似不合拍的存在一再捏合,就像《核桃树下金银花》中的"我"与女孩,因为体量的超乎寻常,一种盛世孤独的模样隐约现出。

写作中短篇的难度,是要在有限时空里创造出"百感交集"的瞬间。这些瞬间堆叠的阴影,回头看,可能只是一种况味,甚至沉默。但如果只将写作的旨归放在体贴世事人情可能就小了,小说还能承担什么?也许小说不期于为现实提供解决方案,小说的解决方案是让孤独中的人类不至于绝望。叙事里敞开了世相种种,同人物一起穿越那些无物之阵,或许会穿越我们自己人生的困境。我们活着,但不一定真正懂得活着,小说会让我们走进尘世。那么,写作的内在况味是什么?是持续地克服,是穿越滞重而后轻盈。写小说,倒真的可以看作作家白日做梦。写小说可为作家提供一次逃逸生活的冒险,借由小说,我们也将更加接近生活,特别是那些含混的部分。它如琥珀,含住永恒中的一个瞬间。写作让记忆中的千军万马呼啸而过终得安宁,写作一定是在应和作家心中情不自禁的那部分。在被文字打动、冒犯甚至伤害后回望自己的来路,也许会和解。

我曾试图用"鲸跃"这一意象靠近诗歌中那些突然降落的重要时刻。语言携带意象一路安然潜行,平静得甚至有些匮乏,但不为我们所见的力量正在安宁之下涌动,它将跃起,给目睹者一次不期的精神震动。在弋舟的短篇中,那些靠近着结局的意外飞升正类似于"鲸跃"时刻,它们要克服自身巨大的沉重而完成短暂飞离,在可以倒数的瞬间里,获得另一种目睹世界的姿势。那一种叙事从来没有俯就,它体贴,带着沉重的真挚,是对生活完成认知后的一种理性抒情。

作为一个"宛如"爱好者,这个词在弋舟的表述中类似一个从空中反手捞起什么的姿势,它的后面,几乎总跟着一个温柔转折。关于读小说这件事,我们确实该为某种抵达心怀感激,即便似乎什么也没有做,却也"给我们平庸的生活窃取到了一场振奋人心的逃逸",宛如日常里一桩小小奇迹。

到头来,美,是讲不清楚的,讲清了,也就不是美了。关于弋舟的小说,大概也如此吧。